L'ÉPOPÉE DE GILGAMESH
UNE ÉPOPÉE BABYLONIENNE

ABBÉ SAUVEPLANE

Préface et Révision
CHRISTELLE PUJOL

ALICIA EDITIONS

« *Il est celui qui a tout vu, tout connu,
celui à qui les mystères de l'univers ont été révélés.* »

TABLE DES MATIÈRES

PRÉFACE — I
INTRODUCTION — 4

Partie I
ANALYSE DU POÈME

PRÉLUDE — 9
AMITIÉ DE GILGAMESH ET D'ENKIDU — 10
TRADUCTION DES TABLETTES — 16
EXPÉDITION CONTRE HUMBABA — 28
AMOUR ET VENGEANCE D'ISHTAR ; LUTTE CONTRE LE TAUREAU CÉLESTE — 33
TRADUCTION DES TABLETTES — 40
MORT D'ENKIDU — 48
TRADUCTION DES TABLETTES — 50
MERVEILLEUSE ODYSSÉE : RENCONTRE AVEC LES LIONS ; LES PORTES DU SOLEIL ET LES HOMMES-SCORPIONS ; LA RÉGION DE LA NUIT ET LES JARDINS ENCHANTÉS ; LA DÉESSE SABIT ET LE PILOTE AMEL-ÉA ; L'OCÉAN ET LES EAUX DE LA MORT ; UTA-NAPISHTIM, L'ÉLOIGNÉ — 54
TRADUCTION DES TABLETTES — 60
LE DÉLUGE ; APOTHÉOSE DE UTA-NAPISHTIM ; GUÉRISON DE GILGAMESH ; L'ARBRE DE VIE ; LE PARADIS PERDU ; LE RETOUR. — 76
TRADUCTION DES TABLETTES — 87
COMPLAINTE FUNÈBRE SUR ENKIDU ; SON ÉVOCATION ; LES ENFERS — 100
TRADUCTION DES TABLETTES — 105
APPENDICE — 113
HYMNE À GILGAMESH — 122

Partie II
ÉTUDE SUR LE CARACTÈRE ET L'ÂGE DU POÈME

CARACTÈRES GÉNÉRAUX	127
CARACTÈRES PARTICULIERS	149
I. - LES DIEUX	149
II. - -LES HÉROS	153
III. - LA COMPOSITION ET LE STYLE.	159
IV. - L'ECRITURE, LA LANGUE ET LA VERSIFICATION.	163
IV. L'ÉCRITURE, LA LANGUE ET LA VERSIFICATION.	165

PRÉFACE

L'épopée de Gilgamesh est le produit littéraire le plus remarquable de la Babylonie. Elle couvre douze tablettes, chaque tablette étant constituée de six colonnes (trois à l'avant et trois au revers) d'environ 50 lignes pour chaque colonne, soit un total d'environ 3600 lignes. De ce total, cependant, à peine plus de la moitié a été retrouvée parmi les restes de la grande collection de tablettes cunéiformes réunie par le roi Assurbanipal[1] (668-626 av. J.-C.) dans son palais de Ninive (Irak). Assurbanipal fut un des derniers grands souverains de l'Assyrie antique. Érudit et visionnaire, ce grand monarque a créé l'une des premières bibliothèques en recueillant l'ensemble de la littérature cunéiforme disponible à son époque. Les tablettes de la bibliothèque de Ninive comprennent notamment la source la plus complète de l'épopée mésopotamienne de Gilgamesh.

Ces tablettes furent redécouvertes par Austen Henry Layard en 1849 au cours de ses fouilles du tumulus de Kouyunjik (proche de Mossoul). Les fragments de l'épopée, péniblement rassemblés à partir de plus de 30 000 fragments de tablettes, furent apportées au British Muséum de Londres. La publication de ses premiers extraits en 1872 par George Smith, correspondant en outre au passage relatant le

Déluge, firent sensation notamment en raison des parallèles stupéfiants qu'ils offraient avec la Bible. Alfred Jeremias (*Izdubar-Nimrod: Eine altbabylonische Heldensage*) publia en 1891, en allemand, la première traduction des tablettes connues à l'époque. Il faudra attendre 1898 pour une première traduction partielle en langue anglaise, traduction que nous devons à Morris Jastrow (*The Religion of Babylonia and Assyria*). Édouard Dhorme publia en 1907, la première traduction en langue française, mais dans un langage très académique et destiné à un public d'assyriologues avertis (*Choix de textes religieux assyro-babyloniens*). Après ces premiers et fondamentaux travaux universitaires, des traductions plus accessibles furent enfin offertes à un plus large auditoire.

Depuis ces premières découvertes archéologiques, des nouvelles tablettes sont régulièrement retrouvées comme en 2007 avec de nouveaux fragments exhumés. Il est fort à parier que nos chercheurs trouveront encore dans les fonds inexploités des musées mondiaux ou lors de fouilles à venir de nouvelles informations et documents sur cette civilisation. Ainsi, la reconstitution de l'*Épopée de Gilgamesh* a de quoi occuper encore bien des générations.

Spécialiste d'études bibliques et de l'Orient ancien, ecclésiastique, historien et assyriologue passionné, l'Abbé Jules-Justin Sauveplane est à l'origine d'une des premières traductions françaises de l'épopée de Gilgamesh. Sa thèse (*Sur l'épopée babylonienne de Gilgamès*), sous la direction de Joseph Halévy, devant un jury composé de Gaston Maspero et de Jules Oppert, a été soutenue en juillet 1894.

Le travail de l'Abbé Sauveplane, d'une qualité académiquement inattaquable, nous permet de mieux appréhender ce mythe. En effet, il a offert aux lecteurs une version romancée qui est d'une beauté renversante, en complément de sa traduction littérale fine et précise, témoignage de son expertise sur ce sujet. Le texte présente également une analyse ainsi qu'une étude sur le caractère et l'âge du poème.

Considéré comme le plus ancien poème épique, ce conte mythologique nous relate les aventures d'un héros antique, roi légendaire confronté à la mort qui courageusement va chercher aux confins du monde le secret de l'immortalité. Ainsi, Gilgamesh découvre que rien ne sert de fuir la mort et que cette fuite le prive du plaisir de savourer tout le fruit de la vie.

D'abord transmis oralement pendant des décennies, avant d'être gravé pour la postérité dans des tablettes cunéiformes, ce récit d'une sagesse infinie n'en finit pas de fasciner ses lecteurs, car il comporte en lui toutes les grandes interrogations relatives à la condition humaine : la vie, la mort, la destinée, la gloire, la sagesse, le bonheur, l'amitié, la sexualité, le dépassement des limites humaines, etc.

Premier grand roman de l'humanité, souvent considéré comme la première grande œuvre littéraire, les aventures de Gilgamesh sont passionnantes tant elles nous rappellent notre vulnérabilité.

Christelle Pujol

---

1. Sardanapale en français.

INTRODUCTION

À mesure que l'on parvient à se débrouiller dans le chaos des documents primitifs, la basse Chaldée apparaît chaque jour plus clairement, dans le lointain des origines, comme la terre classique de la légende. Sur ce sol plantureux, les mythes semblent avoir poussé spontanément, de même qu'autrefois, dit-on, y venaient sans culture les beaux palmiers et les moissons opulentes. Mais, comme une organisation habile fit de cette plaine, aux temps antiques, la contrée la plus fertile du monde, aussi une savante direction en fit-elle le pays le plus fécond en légendes. Le riche fonds naturel, sur lequel travaillaient les mages, produisit de bonne heure, grâce à leurs soins, une floraison inespérée de mythes. Une telle éclosion est aisée à expliquer. En des âmes neuves, toute notion religieuse, fait, idée ou conjecture, éveille aussitôt une image et se traduit dans un mythe. Or, ici les notions ne pouvaient manquer, car les prêtres chaldéens, vivant dans un commerce perpétuel avec les puissances supérieures et souterraines, n'ignoraient rien du ciel, de la terre et des enfers. Ainsi on eut les légendes des dieux, les légendes des héros, les légendes des démons, développant sous forme brillante les notions religieuses primitives, étalant avec art tout le contenu de l'âme antique, ses expériences, ses conceptions, ses rêves. Les mages exposèrent en de longs récits, le mystère des origines et les secrets du pays des morts, ils discoururent sans fin sur les aventures des héros. Ils contèrent là-dessus des choses étranges : comment, tout étant né de l'Abîme, Marduk finit par triompher de Tiamat ; comment Ishtar franchit les sept portes de l'Aral ; comment s'illustra Gilgamesh, à la suite de nombreux exploits et d'une périlleuse odyssée... Combien d'autres choses encore tout aussi merveilleuses !

Le succès de cette littérature mythique fut considérable. C'est que les prêtres chaldéens, outre qu'ils passaient pour inspirés, mirent en œuvre, dans leurs écrits, toutes les ressources d'une magie prestigieuse. Le charme opéra et exerça à distance de mystérieuses influences. De telles légendes dépassèrent le seuil des sanctuaires d'Eridu, de Sippar et d'Uruk, elles se répandirent en Judée, en Phénicie, en Grèce et de là, jusqu'aux confins du monde barbare. L'impression profonde qu'elles firent sur les antiques générations, laissa des traces durables ; elle n'a pas encore complètement disparu parmi nous.

Nous nous proposons ici de vous conduire dans cette basse Chaldée, mère des traditions, autour de la ville d'Uruk, bien avant l'époque d'Abraham, de vous raconter, d'après les textes, la légende de Gilgamesh, de reproduire, telle que nous l'avons recueillie de la bouche même du rhapsode *Sinliqiunninni*[1], une de ces histoires qui ont ensorcelé l'humanité et qui nous enchantent encore.

La légende de Gilgamesh mérite, sans doute, d'être écoutée tout du long, dans un grand recueillement d'esprit. Avec le récit de la création, elle a constitué pour les Chaldéens, le *Livre des Origines*. Il n'y a pas dans toute la littérature babylonienne, de document religieux plus important. Cette légende ne vous paraît-elle pas digne d'intérêt, dans laquelle se trouvent enclavés les épisodes du déluge et de l'arbre de vie ? Littérairement, le poème de Gilgamesh se présente à nous, sous les dehors de cette beauté un peu rude, que l'on rencontre dans des œuvres très antiques, par exemple, dans certaines pages de la Bible et des Védas, mais qui, déjà, annonce et prépare les œuvres d'idéale perfection, telles que l'Iliade et l'Odyssée. Des esprits, curieux d'art primitif, se plaisent à ces fictions enfantines et y trouvent un charme infini.

À notre grand regret, nous ne pourrons vous dire cette légende en son entier, car, des tablettes qui la composaient, il ne nous est parvenu qu'une faible partie, dans un état déplorable, mais seulement vous en présenter quelques épisodes détachés. Nous ne fournirons ici que des extraits, ainsi que d'un volume qui aurait beaucoup souffert et où il manquerait plusieurs feuilles[2].

---

1. On lit sur divers fragments d'un catalogue de bibliothèque publiés dans Haupt, *Nimrodepos*, p. 90 et suiv. : *Ku-gar an-is-ṭu-bar : sa pi Sinliqiunninni* « Histoire (?) de Gilgamesh : de la bouche de *Sinliqiunninni* (ô Sin, reçois ma prière). » De ce texte on ne saurait conclure que *Sinliqiunninni* fût l'auteur de notre épopée, pas plus qu'il ne serait légitime d'attribuer la *Chanson de Roland* à *Turoldus*, en arguant de ce fait, que l'on a trouvé sur un manuscrit du IXe siècle en suscription : *Ci falt la geste, que Turoldus declinet*. *Turoldus* est-il l'auteur ou le copiste ? *Sinliqiunninni* est-il le mage ou le scribe ? Il est difficile de préciser.
2. Les tablettes, sur lesquelles se trouve inscrite l'épopée de Gilgamesh, faisaient partie de la bibliothèque d'Assurbanipal (668-626 av. J.-C). Dès 1872, George Smith († 1876) reconnut, au *British Museum*, plusieurs de ces fragments, qu'il compléta, à la suite de nouvelles fouilles, entreprises à Ninive sous sa direction. Le résultat de ces découvertes fut livré au public, dans un livre bien connu : *Smith's Chaldean Account of Genesis*. Son œuvre, prématurément interrompue, a été continuée par les soins diligents de Theo. Pinches et P. Haupt. Ce dernier savant a publié une collation nouvelle de tous les textes relatifs à Gilgamesh, dans son *Babylonische Nimrodepos* (1re part. 1884, 2e part. 1891), pour les onze premières tablettes et dans les *Beiträge zur Assyriologie* (vol. I, 1889), pour la douzième et dernière tablette. Cette première collation a été depuis soumise par lui à une révision sévère, dont il a consigné les résultats dans les *Beiträge* (vol. 1, 1889) sous ce titre : *Ergebnisse einer erneuten Collation der Izdubar-Legenden* (Cf. *Nachträge und Berichtigungen*). Avant lui, Fr. Delitzsch dans ses *Assyrische Lesestücke* (3e édit. 1885), avait donné une édition très soignée du texte du déluge. Enfin Alf. Jeremias dans son *Izdubar-Nimrod* (1891) a produit quelques nouveaux fragments. C'est l'ensemble de ces textes, suivant la collation de Haupt, qui forme la base de notre travail.

PARTIE I
ANALYSE DU POÈME

PRÉLUDE

Le poème s'ouvre par une sorte de prélude, qui paraît n'avoir été, suivant le procédé familier aux auteurs épiques, qu'un exposé du sujet en raccourci. Dès l'ouverture, se trouve marquée l'issue finale, qui doit aboutir à travers de multiples aventures. Ainsi le vieux mage a pris soin, tout d'abord, de préciser la haute signification de ses chants et le caractère distinctif de son héros.

« *Ceci est l'histoire de Gilgamesh, qui a vu l'abîme, qui a tout connu, qui a pénétré les mystères, qui apporta la nouvelle de ce qui s'est passé avant le déluge et, à la suite de ses lointaines pérégrinations, se laissa aller de fatigue...* »

Gilgamesh, en effet, n'est pas uniquement, comme on pourrait le croire d'après un examen superficiel, le grand coureur d'aventures, l'auteur d'héroïques équipées, il est encore, par son côté mystérieux et profond, le chercheur fatidique, l'explorateur intrépide parti à la découverte de ces choses divines, le bien, le bonheur, la science et qui revient exténué, de ce long voyage à travers les pays inconnus. Gilgamesh est le prototype d'Hercule. Il est à la fois le dieu sauveur, le lutteur infatigable, le grand devin, découragé hélas ! par ses propres visions. Gilgamesh, c'est Apollon, c'est Achille doublé d'Ulysse, c'est déjà Faust.

AMITIÉ DE GILGAMESH ET D'ENKIDU

Gilgamesh se montre, au premier abord, comme une sorte de héros populaire. Nous le surprenons en pleine vogue. Il est aimé et recherché à l'envi. Tous, hommes et femmes, se sentent portés d'une ardeur folle pour Gilgamesh. C'est l'homme à belles fortunes, le premier ancêtre authentique de Don Juan. Issu de la race des dieux, — il semble bien que sa mère ait été Aruru, celle qui créa Enkidu, « celle qui sait tout, » — pasteur incontesté d'Uruk, d'ailleurs vigoureux, brillant, sage, tel enfin que nous le représentent les monuments figurés : un type de beauté antique, aux muscles saillants, avec une longue chevelure et une barbe soigneusement calamistrée, la tête ceinte de la tiare des prêtres, étreignant de son bras gauche contre sa poitrine un lion ; il profite de tous ces avantages pour opérer de faciles conquêtes. Il fait ravage dans les familles... Aussi les habitants d'Uruk sont-ils dans le plus complet désarroi. Tous, pères, mères, époux, ils supplient ardemment le dieu Anu de délivrer leurs fils, leurs filles, leurs femmes, de tourner ailleurs les pensées du héros, de lui donner quelque grand coup à férir[1].

Le dieu Anu ne resta point sourd à leurs prières. Aussitôt, il manda Aruru, la grande déesse, et lui ordonna de procurer à Gilgamesh un compagnon, afin qu'il pût entrer en lutte avec lui et se rendre illustre parmi les hommes. Aruru conçut d'abord le modèle du serviteur d'Anu, ensuite, ayant lavé ses mains, elle pétrit de l'argile, l'étendit sur le sol et la façonna. Ainsi fut créé Enkidu, le héros illustre, attaché à la personne du dieu Ninurta[2].

Il était d'aspect étrange Enkidu et de mœurs singulières. Tout son corps était velu ; il portait, à la manière des femmes, la chevelure longue, et retombant sur ses épaules en flots onduleux, comme celle de Nirba, le dieu des moissons ; il était vêtu à la façon de Ner, le dieu des champs. Il broutait l'herbe en compagnie des gazelles, allait à l'abreuvoir de pair avec les bêtes et se plaisait avec les reptiles en ses ébats[3]. Enkidu est souvent figuré sur les monuments, à peu près tel que nous le trouvons ici dépeint, comme une espèce de monstre, à la barbe inculte, à la crinière flottante, avec la tête et le buste de l'homme, les cornes, la queue et les pieds du taureau, portant les attributs de la virilité.

Or, Zaïdu, le grand chasseur, s'étant posté à l'affût, plusieurs jours de suite, aux environs de la source, aperçut enfin Enkidu. À la vue d'un pareil monstre, Zaïdu recula d'épouvante et rentra chez lui plus mort que vif[4].

Il s'en vint trouver son père pour lui confier sa peine. Il lui conta quelle frayeur fut la sienne, au jour où il se rencontra face à face, inopinément, avec Enkidu, ce héros venu des cieux, ce suivant d'Anu, ce monstre étrange, qui erre sur les monts et fraye avec les bêtes... Il se plaignit de ses empiétements. Enkidu n'était-il pas venu chasser sur ses terres ! Il avait comblé ses fossés et enlevé ses filets. Même il avait poussé l'audace, jusqu'à lui arracher le gibier des mains. Voici que maintenant, à cause d'Enkidu, il ne pourrait seulement plus battre la plaine ![5]

Le père, en cette occurrence, conseilla à son fils Zaïdu de se rendre à Uruk, auprès de Gilgamesh, afin de le saisir du délit. Sans doute, Gilgamesh, le héros puissant, lui ferait justice et donnerait remède à sa peine[6].

Zaïdu courut donc en toute hâte à Uruk. Là, en présence de Gilgamesh, il recommença le récit de son aventure et ses doléances[7].

Gilgamesh, ayant écouté attentivement, ordonna dans sa sagesse à Zaïdu[8], d'amener avec lui deux prostituées du temple d'Ishtar, Harimtu et Samhat et d'aller, ainsi accompagné, à la rencontre d'Enkidu. Que Samhat se montre seulement, à son approche, dans sa beauté impure de courtisane ! Cela lui paraissait un moyen sûr, de tirer le monstre loin de ses bêtes. Enkidu se laisserait séduire infailliblement, car, il est bien fort celui qui résiste à l'amour[9].

Zaïdu, suivant de point en point les ordres de Gilgamesh, partit escorté des femmes Harimtu et Samhat. Au bout de trois jours de marche, ils parvinrent au terme de leur voyage. Un moment, Zaïdu et Harimtu firent halte... S'étant placés ensuite en embuscade aux environs de la source, après deux jours d'attente, ils aperçurent enfin Enkidu, l'enfant de la montagne, parmi les gazelles, les bêtes et les reptiles. Dès que Zaïdu le vit s'avancer de loin, au milieu de la plaine, il le montra du doigt à Samhat...[10].

Ici se place une scène de séduction, dans laquelle, par l'intermédiaire du chasseur Zaïdu, Enkidu est mis en présence de Samhat ; une action, conçue dans le goût antique, avec les trois personnages obligés et traitée avec un réalisme, qui laisse bien loin derrière lui nos modernes licences. Ces anciens avaient l'impudeur de la nature. La situation d'ailleurs, pour être risquée, n'en est pas moins piquante du naïf Enkidu en face de Samhat, savante, elle, aux choses d'amour. L'issue ne pouvait être douteuse. La courtisane, comme bien on le pense, n'eut pas de peine à capter ce rustique. Enkidu donna lourdement dans le piège avec cette sottise aveugle des fauves...[11].

Après six jours et sept nuits, quand le charme fut rompu, Enkidu revenu à lui-même se ressouvint de son troupeau. Il s'aperçut alors, que les gazelles s'étaient enfuies, que ses bêtes l'avaient quitté. À cette vue, il tomba dans un abattement profond. Tout d'abord, il demeura interdit, bouche béante, comme[12] ahuri par son malheur. Puis il alla s'asseoir aux pieds de Harimtu...[13].

Harimtu, fixant ses yeux dans ses yeux, lui prodigua des consolations. Elle se mit en devoir de le raisonner. Voyons ! pourquoi se lamenter ainsi ? Lui, si beau et semblable à un dieu, n'était point fait pour vivre avec les bêtes. Ne valait-il pas mieux pour lui, venir à Uruk, dans la brillante demeure, dans le sanctuaire d'Anu et d'Ishtar, là où réside Gilgamesh, le héros accompli, fort comme un buffle, dominateur des peuples[14].

Enkidu, à mesure qu'il écoutait, se sentait amolli par cette parole de femme. Peu à peu, croissait silencieusement en son cœur le désir d'une amitié tendre. Enfin il est gagné ; sa résolution est prise. Allons ! qu'on appelle Samhat ; tous ensembles, ils iront à Uruk, à la rencontre de Gilgamesh. Il veut voir par lui-même, se porter juge de la haute valeur de ce héros dont on dit merveilles[15].

Il semble bien qu'Enkidu venait à Uruk, dans l'intention de mettre à l'épreuve la force de Gilgamesh, de se mesurer avec lui en un combat singulier[16].

Mais Gilgamesh, le favori de Samas, le confident d'Anu, Bel et Éa[17], avait été averti en songe par les dieux de l'arrivée d'Enkidu. Du fond de sa résidence d'Uruk, il l'avait entrevu de loin, avant même qu'il quittât ses montagnes. Il était venu raconter ce songe à sa mère. Durant son sommeil une étoile du ciel était tombée sur son dos. On eût dit d'un suivant d'Anu qui fondait sur lui. Toutefois, loin de demeurer abattu sous le coup, il s'était relevé victorieux. Il lui raconta encore un autre songe, qui l'avait fait augurer favorablement de l'issue de sa lutte contre Enkidu.

Sa mère, « celle qui sait tout, » sans doute la déesse Aruru, expliqua à Gilgamesh le sens caché de ces deux songes. En finissant, elle vanta très haut devant son fils, Enkidu et lui conseilla de nouer amitié avec lui. Il ne paraît pas, autant qu'il est possible d'en juger, que Gilgamesh se rendît de suite à son avis[18].

Sur ces entrefaites, était survenu Enkidu. Les deux héros se trouvaient maintenant en présence[19]. Tout d'un coup l'homme primitif était mis en contact avec l'homme civilisé. Qu'allait-il advenir de Caliban entre les mains de Prospero ?

∼

Enkidu s'était laissé entraîner aux doucereuses paroles de la courtisane sacrée. Mais, après l'avoir attiré dans Uruk, il fallait encore savoir l'y retenir. L'amitié dont se lia Gilgamesh avec Enkidu, avant d'être consolidée eut à subir maintes traverses.

Peut-être, quelque hostilité couvait-elle au cœur d'une divinité jalouse, contre l'alliance de Gilgamesh et d'Enkidu. En effet, l'un d'eux eut un songe effrayant. Durant son sommeil, il vit tomber du ciel sur terre un monstre, horrible d'aspect, avec des griffes pareilles aux griffes de l'aigle...[20].

Peut-être aussi, dans sa lutte contre Gilgamesh avait-il eu le dessous, et, par là, s'était-il senti cruellement blessé, dans sa vanité de barbare.

Enfin, soit qu'il fût le jouet des dieux, soit qu'il fût irrité par la défaite, toujours est-il qu'Enkidu n'était pas d'humeur facile. Cet homme si voisin de la nature avait des colères de sauvage. Il fallut l'apprivoiser. Un jour, il entra dans un transport si violent que le dieu Samas, lui-même, dut intervenir et lui faire, pour l'apaiser, les plus brillantes promesses. Il garderait Samhat ; il serait revêtu tout à la fois des insignes royaux et divins ; il aurait un manteau ample ; en Gilgamesh, il trouverait un ami, un compagnon. Il serait roi : étendu sur un grand lit, sur un lit de repos, à gauche, à la place d'honneur, les rois de la terre viendraient baiser ses pieds. Il serait dieu : la lutte ayant pris fin, les gens d'Uruk, hommes et femmes, lui rendraient leurs hommages... Tout un rêve d'amour et de gloire, projeté sur le splendide décor d'une vie luxueuse, bien fait pour allumer les convoitises d'un barbare... Une riche tapisserie orientale, savamment étalée aux regards d'un sauvage ébloui... Le rude Enkidu encore une fois se laissa prendre. Captivé par la parole de Samas, sa colère tomba comme par enchantement[21].

Gilgamesh, à son tour, renchérit sur les promesses du dieu et se porta garant de sa parole. Enkidu ne sut plus résister ; il fut désormais conquis.

L'ÉPOPÉE DE GILGAMESH | 15

Voici maintenant la traduction du texte que nous venons d'analyser.

---

1. Tab. II. Col. II, l. 15-28.
2. Tab. II. Col. II, l. 29-35.
3. Tab. II. Col. II, l. 36-41.
4. Tab. II. Col. II, l. 42-50.
5. Tab. II. Col. III, l. 1-12.
6. Tab. II. Col. III, l. 13-24.
7. Tab. II. Col. III, l. 25-39.
8. Si la restitution des l. 19-24 est exacte, Gilgamesh aurait simplement accédé, en agissant ainsi, à une demande faite par Zaïdu à l'instigation de son père.
9. Tab. II. Col. III, l. 40-45.
10. Tab. II. Col. III, l. 46-51 et Col. IV, l. 1-8.
11. Tab. II. Col. IV, l. 8-20.
12. Tab. II. Col. V, l. 21-31 (le début delà col. V est tellement fragmentaire qu'on ne saurait hasarder que des conjectures ; nous avons préféré n'en rien dire) et col. VI, l. 20-28.
13. Tab. II. Col. IV, l. 21-30.
14. Tab. II. Col. IV, l. 31-39.
15. Tab. II. Col. IV, l. 40-47.
16. Cette conclusion est tirée de la comparaison de divers passages de cette tablette et de la suivante. V. tab. II. Col. II, l. 32 ; col. IV, l. 47 ; Col. V, l. 1-3, 16, 18 (Cf. le récit des deux songes par Gilgamesh et la réponse d'Aruru où nous pourrions relever, outre le sens général, maintes expressions en confirmation de cette vue) et tab. III, Col. IV, l. 39. (Cf. Col. V, l. 6).
17. Enki
18. Tab. II. Col. VI, l. 19 et 29-41.
19. Tab. II. Col. VI, l. 42-44.
20. Tab. III. Col. III, l. 12-19. Le début de la col. III est très obscur.
21. Tab. III. Col. IV.

TRADUCTION DES TABLETTES

IS-ṬU-BAR — GILGAMESH
PRÉLUDE[1]

[Tab. I.]
[Col. I.]

… celui qui a vu l'abîme[2]. Histoire (?) de Gilgamesh.
………… il a tout su…………….
……………. et en présence…………….
……… la connaissance de toutes choses,……
5 ce qui est tenu secret il l'a vu et ce qui est caché, …
il apporta la nouvelle de ce qui eut lieu avant le déluge ;
il arriva d'un lointain voyage exténué et. .
………… sur une tablette, tout lieu de repos,
……………..le mur d'Uruk supuri,
10……………..pur, temple (?) brillant,
…………qui, pareil à un métal, ………
……son maléfice, qui ne lâche pas prise, ……

..........il réjouit (?) celui qui depuis......
....
15............ ...(il) quitte...............
....

AMITIÉ DE GILGAMESH ET D'ENKIDU

[Tab. II.]
[Col. II.]

   ³ «.....................
15.................
Gilgamesh ne laisse pas la vierge à sa mère,
la fille du guerrier, l'épouse du noble,
Le dieu....... entendit leur plainte,.........
dieux du ciel, seigneur d'Uruk, ... :
20 « Tu as fait de nos fils eux-mêmes les partisans (?) [4].
il est sans rival, ...
brillant parmi les *bûkki*, ...
Gilgamesh ne laisse pas le fils à son père ; jour et nuit, ...
lui, pasteur d'Uruk, ...
25 lui, leur pasteur, et ....
vigoureux, brillant, sage, ...
Gilgamesh ne laisse pas la vierge à sa mère,
la fille du guerrier, l'épouse du noble, ... »
Le dieu .... entendit leur plainte, ...
30 il dit à Aruru, la grande déesse : « Toi, ô Aruru, tu as créé

...

maintenant, crée son compagnon (?), qu'au jour où il lui plaira,
qu'ils luttent ensemble et qu'Uruk soit témoin, ...
La déesse Aruru, ayant entendu cela, conçut en son cœur, l'image du serviteur (?) d'Anu.

La déesse Aruru lava ses mains, et, ayant pétri de l'argile, l'étendit sur le sol.

35…… elle créa Enkidu, rejeton illustre, suivant (?) de Ninurta.

Tout son corps (était couvert) de poils, sa chevelure (?) était faite comme celle des femmes,

………… de sa chevelure (?) ondulait comme celui du dieu Nirba.

…… il connaissait (?) les hommes et le pays ; il était vêtu comme le dieu Ner.

Il broutait l'herbe en compagnie des gazelles,

40 il allait à l'abreuvoir de pair avec les bêtes,

avec les reptiles des eaux il s'en donnait à cœur joie.

Zaïdu, l'homme destructeur,

vint à sa rencontre dans les environs de la source.

Il y revint un jour, deux jours, trois jours.

45 Enfin, Zaïdu l'ayant aperçu, sa face se contracta,

……et de ses bêtes, il rentra dans sa maison,

……………oppressé il gémit,

………… son cœur, sa face se décomposa,

la douleur (envahit) son âme,

50 son visage devint pareil au lointain……..

[Tab. II.]
[Col. III.]

Zaïdu, ayant ou vert la bouche, parla et dit à son père

« Mon père, un seul héros qui est venu, ………

devers les cieux, ………………

puissant comme un suivant (?) d'Anu, ………

5 il erre sur les monts, ………………

toujours vivant en compagnie des bêtes, ………

toujours il se tient aux environs de la source ; …

j'ai eu peur, je ne l'ai pas approché ;

il a comblé les fossés que j'avais creusés, ...
10 il a arraché les filets (?) que j'avais tendus,
il m'a soustrait la bête rampante des champs,
il ne m'a pas laissé battre la plaine (?). »
.... parla et dit à Zaïdu :
.... Uruk Gilgamesh,
15................. sur lui,
.... sa vigueur,
.... devant toi,
.... la force de l'homme.
Va, Zaïdu, amène avec toi Harimtu et Samhat,
20.................comme un puissant,
lorsque les bêtes (iront) vers l'abreuvoir,
qu'elle dépouille son vêtement, et, ...sa beauté ;
lui, la verra, l'approchera ;
ainsi, il s'aliénera des bêtes, qui ont grandi à ses côtés[5]. »
25 Sur le conseil de son père, ...
Zaïdu alla ....
il se mit en route pour Uruk, ...
.... Gilgamesh ....
« Un seul héros qui est venu, ...
30 devers les cieux, ...
puissant comme un suivant (?) d'Anu, ...
il erre sur les monts, ...
toujours vivant en compagnie des bêtes, ...
toujours il se tient aux environs de la source ;
35 j'ai eu peur, je ne l'ai pas approché ;
il a comblé les fossés que j'avais creusés, ...
il a arraché les filets (?) que j'avais tendus,
il m'a soustrait la bête rampante des champs,
il ne m'a pas laissé battre la plaine (?). »
40 Gilgamesh, s'adressant à Zaïdu. lui dit :
« Va, Zaïdu, amène avec toi Harimtu et Samhat,
lorsque les bêtes (iront) vers l'abreuvoir,

qu'elle dépouille son vêtement, et, ……… sa beauté ;
lui, la verra, l'approchera ;
45 ainsi, il s'aliénera des bêtes, qui ont grandi à ses côtés. »
Zaïdu partit, amenant avec lui Harimtu et Samhat.
S'étant mis en route, ils allèrent droit leur chemin,
si bien qu'au troisième jour, ils atteignirent l'endroit fixé.
Zaïdu et Harimtu firent halte pour se reposer ;
50 un jour, deux jours, ils se tinrent aux environs de la source.
Lui, allait à l'abreuvoir de pair avec les bêtes,

[Tab. II.]
[Col. IV.]

avec les reptiles des eaux il s'en donnait à cœur joie.
Et lui, Enkidu, était un enfant de la montagne,
il broutait l'herbe en compagnie des gazelles,
il allait à l'abreuvoir de pair avec les bêtes,
5 avec les reptiles des eaux il s'en donnait à cœur joie.
Or, Samhat aperçut l'homme de volupté (?),
le puissant lutteur, là-bas, au milieu de la plaine.
« Le voici, Samhat, étale tes grâces,
dévoile tes appas, afin qu'il s'empare de toi ;
10 ne te dévêts point, tout d'abord, empare-toi de lui,
il te verra, t'approchera ;
puis, dépouille tes vêtements pour qu'il t'obombre,
et opère sur lui le charme, œuvre de femme ;
ainsi, il s'aliénera des bêtes, qui ont grandi à ses côtés ;
15 et c'est sur toi, que se répandra son amour. »
Donc, Samhat étala ses grâces, dévoila ses appas,
alors, lui, s'empara d'elle ;
elle ne se dévêtit point, tout d'abord, elle s'empara de lui,
puis, elle dépouilla ses vêtements, alors, lui, l'obombra,

et elle opéra sur lui le charme, œuvre de femme ;
20 ainsi, ce fut sur elle, qu'il répandit son amour. [6]
Durant six jours et sept nuits, Enkidu vint et posséda Samhat ;
mais, quand il fut soûl de plaisir,
de nouveau, il tourna son visage devers son troupeau.
Enkidu vit alors, que les gazelles s'en étaient retournées,
25 que les bêtes des champs s'étaient éloignées de lui.
Et Enkidu fut tout défait, son corps demeura en suspens,
ses genoux se raidirent, car, son troupeau s'était enfui.
Enkidu défaillit, … il ne fut plus aussi prompt à la course (?),
il se fit vieux (?), …………… l'intelligence.
30 Il revint, tout amolli (?), s'asseoir aux pieds de Harimtu.
Harimtu, d'abord, le regarda en face.
Maintenant, Harimtu parlait, lui, écoutait.
Et Harimtu, s'adressant à Enkidu, disait :
« Tu es beau, Enkidu, tu es semblable à un dieu !
35 Pourquoi t'en retourner avec les bêtes rampantes ?
Viens ! je t'introduirai au sein d'Uruk supuri,
dans la brillante demeure, dans le sanctuaire d'Anu et d'Ishtar,
là où réside Gilgamesh, le héros accompli,
qui, tel qu'un buffle, domine sur les hommes. »
40 Tandis qu'elle discourait, attentif à sa parole,
le sage, lui, sentait germer en son cœur le désir de l'amitié.
Enkidu, s'adressant à Harimtu, lui dit :
« Allons ! fais-moi venir Samhat, (que nous allions)
dans la brillante demeure, dans le temple saint d'Anu et d'Ishtar,
45 là où réside Gilgamesh, le héros accompli,
qui, tel qu'un buffle, domine sur les hommes.
Moi, je le ferai requérir, et, en qualité de juge, je prononcerai.

[Tab. II.]
[Col. V.]

.... au milieu d'Uruk, moi, un lion (?),
.... il changera le destin,
...... né dans la plaine, il est doué de vigueur,
.... en ta présence,
5................... (ce qui) est, moi je le sais.
.... Enkidu .... Uruk supuri,
... les braves .... [......] (ils) ont suspendu (?),
au jour (?) .... au milieu ...... fut célébrée une fête,
là où (?) .... un *alû*,
10............................ créature,
.... de joie,
dans............... les grands (?) sortirent,
Enkidu.......................... la vie.
Il était (bien) vêtu, certes, Gilgamesh, l'homme de joie (?) ;
15 je le vis, ... je contemplai son visage,
.........celui qui fut l'honneur de la noblesse, recueillit la honte,
une secousse (?)................ tout son corps,
il eut sur lui une force redoutable,
ne se reposant pas, ... qui, jour et nuit,
20 Enkidu, change l'objet de ton ressentiment (?),
Gilgamesh est le favori de Samas,
Anu, Bel et Éa lui ont élargi l'intelligence [7].
Avant même que tu vinsses de la montagne,
Gilgamesh, du sein d'Uruk, t'aperçut en rêve.
25 Or Gilgamesh vint, et, s'adressant à sa mère, il lui raconta ce songe :
« Ma mère, j'ai eu un songe, durant mon sommeil :
il y avait une étoile au ciel,
qui, comme un suivant (?) d'Anu, fondait sur moi ;
je l'ai élevé, en sa qualité de juge (?), au-dessus de moi ;

30 [.........], il n'y en a pas eu au-dessus (?),
le pays d'Uruk s'est maintenu haut et ferme.

[Tab. II.]
[Col. VI.]

....
.... tes songes. »
20.................. à sa mère :
«.................. j'ai eu un second songe :
...... une hache a été levée et s'est abattue (?) sur lui,
.... a frappé sur lui,
.... sur sa tête,
25 .... sur son dos,
.... je l'ai mis à tes pieds,
.... comme une femme, il a dirigé sur lui,
.... tu l'as placé à côté de moi (?). »
30............ sage et connaissant toutes choses, elle dit à son fils,
.... sage et connaissant toutes choses, elle dit à Gilgamesh :
«.................. l'homme que tu as vu,
.........comme une femme, tu diriges sur lui,
.... tu ne le places pas à côté de toi (?),
.... un puissant allié, sauveur de son ami,
35......................... il est doué de vigueur,
.... redoutable est sa force. »
.... il dit à sa mère :
«........................ grand, qu'il tombe,
.... moi, que j'obtienne,
40... moi,
.... ses songes. »
.... dit à Enkidu :
«.................................... tous les deux,

.... sa présence. »
45..
.... du pays,
....
.... se confiant en Belit,
....
50.................................... Assur.

[Tab. III.]
[Col. III.]

... de loin qu'il retourne en son chemin, ...
.... et que les grands aiment, ...
.... son action (?),
.... dont la pousse est frêle (?),
5......... herbe, cyprès, ton jeune homme [8],
.... de pierre *ka*, de pierre *uknu* et d'or,
.... qu'il retourne, qu'il te donne,
...... son *kununu*, ses testicules, ses lèvres (?),
... des dieux, que je te fasse entrer en personne.
10 .... fut abandonnée la mère 7 [9], l'épouse,
.... son ventre malade,
.... il vit, à lui tout seul,
.... son cœur à son ami :
«......... j'ai eu un songe, durant mon sommeil :
15................ du ciel tombait sur le sol,
.... moi, je me tins coi,
.... son visage était noir,
son visage était pareil à............................
...ses griffes étaient comme les grilles de l'aigle (?).
20 .... moi-même, il me fortifia,
.... de la bouche (?) il enlève,

.... ayant fondu sur moi,
.... sur moi,
....
....

[Tab. III.]
[Col. IV.]

....
25 .... moi,
.... sur moi,
.... sa bouche,
.... des cieux, il lui dit :
.... tu garderas Samhat ;
30.................. les insignes de la divinité ;
.... les insignes de la royauté ;
.... un grand vêtement ;
.... en Gilgamesh, je te procurerai un allié,
.... en Gilgamesh, un ami, un compagnon ;
35 je te ferai coucher sur un grand lit,
sur un lit bien fait, je te ferai étendre ;
je te ferai asseoir sur un siège de repos, un siège placé à gauche ;
les rois de la terre baiseront tes pieds ;
il y aura trêve d'armes, je ferai que les habitants d'Uruk t'implorent,
40 que femmes et hommes te comblent d'hommages.
Et moi, à ta suite, je ferai porter les restes (?) de son cadavre ;
.... au milieu et il s'en est retourné. »
.... Enkidu, la parole de Samas, le guerrier,
.... son cœur courroucé s'apaisa.
45..
....

[Tab. III.]
[Col. V.]

« ....
sur un lit bien fait je te ferai étendre,
je te ferai asseoir sur un siège de repos, un siège placé à gauche,
5 les rois de la terre baiseront tes pieds ;
il y aura trêve d'armes, je ferai que les habitants d'Uruk t'implorent,
que femmes et hommes te comblent d'hommages.
Et moi, à ta suite, je ferai porter les restes (?) de son cadavre ;
je vêtirai le corps (?), ... »
10 Aux premières lueurs de l'aube, ...
son lieu ....
....
son.................................
....

[Tab. VI.]
[Col. VI.]

....
.... moi-même,
.... ton frère (?),
.... a été fait,
5 .... à mon côté,
.... de ma face,
.... ma plénitude,
.... moi-même,
.... au milieu de la plaine.
10 ....
....

1. Tout ce morceau doit être rapproché d'un passage de la tab. XI. 1. 302-313 auquel il semble faire directement allusion.
2. Naqba signifie, d'une façon précise, « le creux. » Suivant la conception des Chaldéens, la terre était une montagne creuse reposant sur l'abîme.
3. D'après A. Jeremias, le début des col. I et II de cette tablette nous aurait été conservé sur un fragment publié dans *Isdubar-Nimrod* pl. II. De la col. I on ne saurait rien tirer ; sur la col. II on lit encore : l. 1, qu'il le place et que le dieu…… l. 2, la statue de son corps……
4. Le sens de cette ligne est très obscur.
5. Tout ce passage l. 19-24 a été restitué avec quelque vraisemblance d'après l. 41-45 (dans Haupt : l. 40-44, noire numérotage des lignes différant un peu du sien, à cause de celle restitution même) sur des indications précises du texte.
6. Nous avons essayé, d'un bout à l'autre de cette scène, de traduire l'image physique par son expression la moins matérielle. Ainsi, notre traduction est une sorte de transposition perpétuelle du texte. Pour reproduire cette scène dans sa vérité exacte, l'emploi du latin eût été de rigueur…
7. Mot à mot : « son oreille. »
8. Le sens des mots est clair ; mais leur liaison nous échappe.
9. Chaque divinité avait son chiffre. Quelle était la divinité désignée par le nombre 7 ? Nous ne saurions le dire.

EXPÉDITION CONTRE HUMBABA

L'amitié de Gilgamesh et d'Enkidu résista à toutes les épreuves ; elle résista même au temps...[1] Les deux héros vécurent, jusqu'à la fin, dans une touchante intimité, et mirent en commun leurs plaisirs comme leurs peines.

Tout d'abord, nous les voyons concerter une expédition contre Humbaba, l'Elamite. Mais avant d'entrer en campagne, ils cherchent à se rendre la divinité propice. Ils la supplient de leur révéler l'avenir, de leur découvrir de loin la forêt de cèdres, résidence ordinaire de Humbaba, de leur laisser entrevoir l'issue de la lutte : l'ennemi gisant sur le sol, les oiseaux de proie acharnés sur lui et faisant fête autour de son cadavre ; enfin, de leur prêter assistance, en retour des hommages qu'ils n'ont cessé de lui rendre[2].

Toutefois, ils ne se tinrent point satisfaits de cette démarche auprès de la divinité. Ils voulurent encore consulter la sybille, « celle qui sait tout, » peut-être Aruru. Ils se rendirent donc au palais élevé, demeure favorite de la grande déesse [3], où se trouvait exposée, à la vénération de ses nombreux dévots, son image, — une belle statue, revêtue d'une précieuse chape, la poitrine rehaussée d'une brillante parure, la tête ceinte d'une couronne[4]...

La réponse fut sans doute favorable. Enkidu, cependant, ne parut pas complètement rassuré. Son esprit était assailli de noirs pressentiments. On eût dit qu'il sentait sa fin approcher[5].

Aussi, à peine avait-il quitté l'autel de la déesse, qu'il gravit en toute hâte le tertre, où se dressait un temple dédié au dieu Samas. C'est qu'il était en effet, lui, Samas, le promoteur de cette entreprise. Souverain juge des cieux et de la terre, c'est en son nom que Gilgamesh exerçait ici-bas les fonctions de haut justicier, de grand redresseur de torts. Samas avait bien vraiment, en cette rencontre, soufflé à Gilgamesh sa haine contre Humbaba. Le héros n'avait pas fait autre chose que d'épouser la querelle du dieu. C'est pourquoi, Enkidu essaye de dissuader Samas lui-même de ses funestes desseins, persuadé d'avance que s'il parvient à toucher le cœur du dieu, du même coup, il gagnera le cœur du héros, que Gilgamesh ne songera plus dès lors à faire une telle équipée.

Arrivé en présence du dieu Samas, Enkidu, d'abord, fit brûler de l'encens et répandit une libation en son honneur ; puis, la droite levée, dans l'attitude des suppliants, il lui adressa, du fond de l'âme, une prière ardente... Maintenant, de sa poitrine oppressée, s'échappait un flux de paroles, — comme une vive récrimination étouffée sous les larmes — : « Pourquoi donc, ô Samas, pourquoi as-tu mis au cœur de Gilgamesh une rage inassouvie ? Voici que tu l'as à peine touché[6], aussitôt, il entreprend une lointaine expédition, vite, il se précipite à la rencontre de Humbaba. L'insensé ! il vole au combat en aveugle, il se jette à l'aventure en des sentiers inconnus... Et il n'aura ni repos ni cesse qu'il n'ait mené à bonne en cette campagne. Il veut à tout prix atteindre la forêt de cèdres, fouler aux pieds Humbaba, son puissant ennemi, enfin, extirper le mal, objet de ta haine, ô Samas[7]... »

La prière d'Enkidu resta sans effet. Samas se montra inflexible ; Gilgamesh persista dans ses intentions hostiles...

La guerre une fois résolue, aussitôt, commencèrent les préparatifs. À l'appel de Gilgamesh, tout le pays d'Uruk se leva comme un seul homme. Grand était l'émoi dans la ville et ses alentours. De tous côtés, on voyait accourir et s'équiper les hommes d'armes. Bientôt, la troupe fut au complet. À sa tête s'avançait Gilgamesh, le roi puissant, le héros illustre, assisté de son fidèle compagnon, Enkidu[8].

Une lutte se préparait, ténébreuse et farouche. Il ne s'agissait, en effet, de rien moins que de surprendre Humbaba, au cœur même de la forêt de cèdres. Or, Humbaba était un ennemi redoutable, et la retraite qu'il s'était choisie, passait pour inaccessible. Déjà fameux par ses exploits, il se haussait encore, aux yeux de la foule, de tout le prestige de l'inconnu. L'imagination aidant, il était devenu une sorte de type légendaire. On le dépeignait sous des couleurs étranges. Sa voix était pareille, disait-on, au rugissement de la tempête ; sa bouche répandait l'iniquité et soufflait la perdition. Préposé, de par le dieu Bel, à la garde de la forêt de cèdres, il était l'effroi et la terreur de toute la contrée. Il était entouré d'un renom sinistre. On racontait que la forêt de cèdres avait été le théâtre de drames mystérieux. On se la montrait de loin avec épouvante. Malheur à qui osait en approcher ! Fatalement, il tombait aux mains de Humbaba... Qu'on rêve d'une forêt merveilleuse, hantée par un monstre, où l'on apercevrait, de-ci, de-là, pendues aux arbres, en guise de trophées, des têtes de mort... Telle à peu près l'imagination populaire, en sa crédulité, se représentait la forêt de cèdres, séjour de Humbaba[9].

Poursuivre un ennemi aussi redoutable, à travers des chemins ignorés, s'engager sur ses traces, dans les détours de sa retraite obscure, il y avait là, certes, un beau risque à courir. En dépit de tous les obstacles, Gilgamesh et Enkidu entrèrent en campagne, résolument... La divinité, toujours secourable, ne les délaissa point dans les périls de la route. Elle eut soin, à maintes reprises, de leur suggérer en rêve, ce qui devait arriver. Aussi, voyons-nous nos deux amis discourir ensemble, chemin faisant, et s'entretenir de leurs songes.

Au début même de l'expédition, Enkidu eut un songe, dont il fit part, aussitôt, à Gilgamesh. Celui-ci, dans sa sagesse, en augura favorablement, car, s'il comprenait bien, ce songe signifiait la mort prochaine de Humbaba. Il lui semblait entrevoir, comme à travers un voile, le cadavre de son ennemi gisant, là-bas, dans la plaine[10].

Toujours, cependant, Gilgamesh et Enkidu allaient leur chemin.

Après une première étape de quarante heures, ils firent halte un moment, puis, s'étant remis en route, après une nouvelle étape de vingt heures, ils répandirent une libation et creusèrent un puits, a la face du dieu Samas[11].

Or, voici que, dans la nuit, Gilgamesh s'éveilla en sursaut, et, s'étant levé, s'en vint trouver Enkidu. Il était en proie à un trouble étrange. Les paroles se pressaient sur ses lèvres : « Mon ami, m'as-tu appelé ? m'as-tu touché ? Non ?... Alors, pourquoi cet abattement ? pourquoi cette fatigue ? Un dieu n'est point passé par ici ? D'où vient donc que je suis tout brûlant de fièvre ? » Et, là-dessus, il se mit à lui raconter, avec détail, le songe qu'il avait eu, — c'était le troisième, — un songe vraiment effroyable : « Tout à coup, un orage a éclaté au-dessus de ma tête... Le ciel grondait, la terre résonnait sourdement ; aux éclairs succédait le tonnerre ; la pluie, une pluie meurtrière, tombait à verse ; la foudre semait partout la désolation, ne laissant, sur son passage, qu'une longue traînée de cendres et de fumée[12].

Longtemps encore, ils allèrent ainsi, tout en devisant[13]... Comme ils approchaient du terme de leur voyage, Gilgamesh adressa à Enkidu ses dernières exhortations. L'ayant pris à part, il lui défendit de faire grâce. Sus donc à l'ennemi ! Que Humbaba périsse et que sa dépouille soit livrée en pâture aux oiseaux de proie[14] !

Tout à coup, les deux héros s'arrêtèrent : ils touchaient à la lisière du bois. D'abord, ils demeurèrent immobiles, saisis d'étonnement. Ils regardaient, émerveillés, et le cèdre aux branches déployées, et les abords mystérieux de la forêt. Puis, ils firent une première reconnaissance... Voici le sentier où avait coutume de passer Humbaba. La route, ô surprise ! était unie et facile... Contents de leur découverte, de nouveau, Gilgamesh et Enkidu se prirent à admirer, et la montagne, séjour favori des dieux, sanctuaire d'Irnini, et, se dressant devant eux, sur le penchant de la colline, le fameux cèdre, chargé de fruits, répandant autour de lui une délicieuse fraîcheur, emplissant l'air d'une odeur suave[15].

1. C'est ainsi que nous entendons le membre de phrase (tab. IV, col. I, l. 12) : *ibiršu issur* « il garda son ami. » Ce sens n'est pas toutefois, absolument certain.
2. Tab. IV, col. I, l. 14-19.
3. Tab. IV, col. I, l. 20-28.
4. Tab. IV, Col. II, l. 3-5. Il s'agit bien ici de la statue d'une déesse. Mais laquelle ? La grande déesse, dont il vient d'être question, ou toute autre divinité ? L'état fragmentaire du morceau ne permet pas de le déterminer.
5. C'est là du moins ce que paraît signifier cette expression (Tab. IV, col II, l. 6) : *qaqqara ipirani* « la terre m'a recouvert. »
6. Il s'agit ici d'un attouchement mystérieux possédant je ne sais quelle vertu magique.
7. Tab. IV, Col. II, l. 7-18. — Ce qui a été dit, au paragraphe précédent, des relations étroites qui unissaient Samas et Gilgamesh résulte du rapprochement de ce passage avec l'*Hymne à Gilgamesh* (Voir l'*Appendice*).
8. Tab. IV, col. II, l. 35-50. La fin de cette colonne est très obscure. Il y est question de certaine porte réservée, « la porte de la maison familiale, » sur le seuil de laquelle se tient Enkidu, tandis que Gilgamesh en défend l'entrée, et par où, enfin, il s'échappent tous deux ; et encore, de l'honneur du pays, de la gloire de la contrée. On ne voit pas exactement quel rapport a tout ceci avec ce qui précède. — On ne saurait rien tirer non plus des col. III et IV.
9. Tab. IV, Col. V, l. 1-40. — Le morceau suivant (tab. IV, col. (?) a) est trop fragmentaire pour qu'on puisse rien en inférer avec certitude.
10. Tab. IV. Col. (?) b, l. 32-42.
11. Tab. IV. Col. (?) b. l. 43-46.
12. Tab. IV, col. (?) c, l. 8-20. Les l. 1-8 sont trop mutilées pour qu'on puisse rien en tirer.
13. Ce fragment (tab. IV, col. (?) c.) se termine sur le récit d'un songe, fait par Enkidu à Gilgamesh, et le fragment suivant (tab. IV, col. VI) s'ouvre sur un dialogue entre les deux héros.
14. Tab. IV, Col. VI, l. 30-41.
15. Tab. V, col. I, l. 1-10.

AMOUR ET VENGEANCE D'ISHTAR ; LUTTE CONTRE LE TAUREAU CÉLESTE

S ans doute, la rencontre ne tarda pas à avoir lieu. Dans quelles circonstances fut livrée la bataille ? Quelles furent les péripéties de la lutte ? Nous ne saurions le dire[1]. Mais, si l'on en juge par les sinistres appréhensions d'Enkidu, par la grandeur des préparatifs, par la mauvaise renommée qui précédait Humbaba, le mystérieux habitant de la forêt de cèdres, enfin, par les avertissements divins que reçurent tout le long de la route, les deux héros, le choc dut être terrible. L'issue du combat fut fatale pour Humbaba. Vaincu, il n'obtint point miséricorde et eut la tête tranchée[2].

Le premier soin de Gilgamesh, le combat une fois terminé, fut de réparer le désordre de sa toilette. Aussitôt, il fourbit ses armes, endossa sa cuirasse, mit à la place de ses habits ensanglantés, une blanche tunique, revêtit ses insignes, habilement rattachés avec une belle ceinture, et se coiffa de sa tiare, soigneusement maintenue au moyen de brides riches[3].

Gilgamesh, on le voit, apportait à son ajustement une certaine coquetterie. C'est qu'il y avait en lui, sous l'invincible *guerroyeur*, un séducteur irrésistible ; c'est que, sous sa cuirasse de héros, battait un cœur d'homme. Ce mélange d'affinement et de rudesse, de tendresse et de force, répandait sur toute sa personne une grâce singulière et énigmatique... Elle apparut, certes, dans tout son éclat, cette beauté étrange et mystérieuse de Gilgamesh, au jour où, vainqueur de Humbaba, on le vit s'avancer à la tête de ses compagnons d'armes, paré de ses plus riches atours, le front rayonnant de gloire. Gilgamesh était si séduisant, en son costume d'apparat, au milieu de cette pompe triomphale, que la déesse Ishtar elle-même se montra touchée de tant de charmes. À peine, en effet, eut-elle levé les yeux sur le héros, qu'elle se sentit prise pour lui d'un violent amour[4].

C'est au temps où les dieux avaient coutume de descendre des hauteurs du ciel sur la terre et de converser familièrement avec les hommes que pareille fortune advint à Gilgamesh. Donc, la déesse Ishtar courut droit au héros, et, dès l'abord, lui fit des propositions : « Allons, Gilgamesh, consens à devenir mon époux ! Ton amour ! je veux ton amour ! Fais-moi ce beau présent, de grâce, ne me refuse pas ! Toi, sois mon mari, moi, je serai ta femme[5] ! »

La déesse Ishtar, en cette circonstance, mit en œuvre toutes ses ressources de séduction. Elle se servit, pour gagner le héros, des moyens dont lui, Gilgamesh, avait usé pour surprendre Enkidu. Elle aussi, maintes fois, avait éprouvé le pouvoir, sur des âmes simples, de ce qui luit, de ce qui brille, de tout ce qui tire l'œil, cuivre ou or. C'est pourquoi, elle fit miroiter complaisamment aux regards du héros, les trésors qu'elle lui réservait en retour de ses faveurs : « Tout ce que tu désireras, Gilgamesh, je te le donnerai. Tu feras, veux-tu, ton entrée triomphale dans Uruk, sur un char resplendissant d'or et de pierres précieuses, — le timon en est d'or et les cornes de diamant, — attelé de grands mulets tout blancs. Je t'introduirai dans notre sanctuaire, au milieu d'un nuage d'encens. À peine installé dans cette nouvelle demeure, tu recevras les hommages que l'on ne rend qu'aux dieux. Les peuples riverains de l'Euphrate viendront baiser tes pieds ; devant toi, se prosterneront les rois, les seigneurs et les grands. Comme gage de leur soumission, tous, ils t'apporteront en tribut les produits de la montagne et de la plaine. Je mettrai, moi, ta prospérité à son comble, en faisant produire à tes brebis des jumeaux. Voyons, Gilgamesh, que veux-tu ? Tiens, tu conduiras de grands bœufs, à la fois fiers et dociles, incomparables dans la course aux chars, incomparable sous le joug[6] ! »

Gilgamesh n'avait plus l'âme assez neuve pour se laisser tenter, à la façon du rustique Enkidu, par un riche étalage de promesses. Aussi, tous les beaux discours de la déesse ne suffirent-ils pas à l'enjôler. Du premier coup, sans plus réfléchir, il repoussa dédaigneusement son amour[7]. L'amour d'Ishtar ! Un pur caprice, la pire des trahisons ! Ah ! elle était déjà longue la liste des victimes qu'elle avait faites ! La déesse Ishtar, en effet, était une terrible maîtresse, violente et raffinée en ses amours, se plaisant à torturer ceux qu'elle avait séduits. Gilgamesh en savait long sur les déportements et les cruautés d'Ishtar... Outré des propositions de la déesse, il se répandit contre elle en invectives : « Voyons, où sont-ils tous ceux qui furent tes époux ? Attends, que je te révèle, moi, tes perfidies sans nombre ! » Et, là-dessus, Gilgamesh se mit à lui reprocher hautement ses goûts de perversité inouïe, à lui énumérer, un à un, tous les sévices qu'elle avait exercés contre ses malheureux amants : « Qu'as-tu fait de Tammuz ? Ton premier amour, il fut aussi ta première victime. Il est vrai que, pour le dédommager, tu fais célébrer son anniversaire en grande pompe. Qu'as-tu fait du bel oiseau, au plumage diapré ? Tu l'as frappé, tu lui as brisé les ailes. L'entends-tu sans cesse gémir au fond des bois : *kappi*[8] ! Il pleure sur ses ailes, ses pauvres ailes ! Où donc est le lion superbe ? Sept et sept fois, tu lui as labouré les chairs, impitoyablement. Où donc est le cheval, à la fière allure ? Tu lui as mis le mors et la bride, tu l'as pressé de l'éperon, tant, qu'un jour, après avoir fourni une course de quatorze heures, altéré, brûlant de fièvre, il a succombé sous toi. Cruelle, qui as fait verser des larmes à la déesse Silili, sa mère ! Où sont tous les autres, hélas !... Car, qui n'as-tu pas aimé et fait souffrir ! Qu'est-il advenu, dis-moi, du maître berger, l'un de tes fidèles adorateurs, qui, sans cesse, faisait fumer de l'encens et égorgeait des victimes en ton honneur. Eh bien, lui non plus, tu ne l'as pas épargné ! Tu l'as métamorphosé en léopard. À présent, ses propres gardiens le pourchassent, ses chiens s'acharnent sur lui et le mordent jusqu'au sang. Qu'est-il advenu, enfin, du jardinier, préposé à la garde du verger de ton père ? Plein d'attentions pour toi, chaque jour, il ornait ta table de présents choisis. Or, ayant levé les yeux sur lui, tu te pris à le convoiter. Tu vins droit à lui, tu lui tins des discours déshonnêtes : « Allons, mon jardinier chéri, goûtons, veux-tu, des fruits de ton verger ; toi, cependant, fais main basse sur nos trésors. » Et le jardinier de te répondre : « Que me demandes-tu là ? Ma mère, ne fais point d'apprêts. Je ne toucherai pas à tes mets empoisonnés, car je le sais, qui les effleure seulement, est, bientôt, en proie à une fièvre mortelle. » Alors, toi, irritée de son refus, tu l'as frappé, tu l'as rendu infirme. Maintenant, cloué sur son lit de repos, il ne peut ni monter, ni descendre, il ne peut plus bouger... Et tu oses encore, après cela, impudente, me faire des propositions ! Tiens, tu m'aimes moi, comme tu as aimé tous les autres, pour me perdre[9] ! »

La déesse Ishtar, comme bien on le pense, fut médiocrement flattée, de s'entendre dire, tout haut, la longue litanie de ses turpitudes et de ses crimes. Toutefois, comme étourdie du coup, ne s'attendant pas à être ainsi devinée, elle essuya, sans mot dire, la violente sortie de Gilgamesh. Mais, dès que le héros eut fini de parler, frémissante de rage, elle remonta vers les cieux et vint s'épancher dans le sein de son père Anu et de sa mère Antu : « Mon père, Gilgamesh m'a outragée ! Ne s'est-il pas avisé, l'impertinent, de me reprocher mes trahisons, oui, mes trahisons et mes méfaits ! » Le dieu essaya d'abord de la raisonner : « Voyons, à qui en est la faute ? Sans doute tu l'as provoqué toi-même, pour que Gilgamesh se soit montré si osé... » Mais la déesse, dans sa fureur, ne voulait rien entendre. Elle poursuivait son idée avec acharnement : « Allons, mon père, crée le taureau céleste. » Elle disait cela d'un ton pressant, presque impérieux. Le dieu résistait encore : « Que me demandes-tu là ? Je ne puis... » Cette résistance ne fit qu'exaspérer la déesse. Maintenant, elle ne se possédait plus de colère ; sa voix, tout d'un coup, était devenue menaçante. Elle criait : « Vengeance ! vengeance[10] ! »

Anu était un père faible ; Ishtar était une fille volontaire. Le père, cette fois encore, dut se plier aux caprices de sa fille. Il créa donc le taureau céleste, une sorte de démon, plus redoutable cent fois que Humbaba.

À peine donc Gilgamesh et Enkidu avaient-ils échappé aux dangers d'une première expédition, qu'il leur fallait tenter une nouvelle aventure, plus périlleuse encore. Mais ce n'était pas pour les déconcerter. Ils se remirent bravement en campagne, sous bonne escorte... La rencontre ne tarda pas à avoir lieu. L'action fut chaude : il n'y eut pas moins de trois assauts consécutifs. À la fin, ce fut une lutte corps à corps entre les deux héros et l'animal divin. L'instant était décisif. Les combattants firent un suprême effort et rivalisèrent de souplesse et de vigueur... Au moment où se dressait le taureau, Enkidu, par une habile manœuvre, le saisit à la fois par la crinière et la queue, tandis que Gilgamesh lui donnait le coup de grâce, en le frappant entre les cornes... Ainsi, Gilgamesh et Enkidu demeuraient maîtres du champ de bataille ; les projets d'Ishtar se trouvaient déjoués[11].

Les deux héros, une fois qu'ils eurent abattu le taureau céleste, adressèrent d'abord des remerciements à Samas, leur divinité tutélaire, puis, accord touchant, ils s'assirent l'un à côté de l'autre comme deux frères[12].

La déesse, elle, la colère dans l'âme, monta sur le rempart d'Uruk, et, ayant déchiré ses vêtements, fulmina cette imprécation : « Maudit soit Gilgamesh qui a osé me contredire ! Maudit soit celui qui a tué le taureau céleste[13] ! »

Enkidu, entendant de telles exécrations, ne se contenait plus de rage. Dans sa fureur, il arracha violemment la jambe droite du taureau céleste et la jeta à la face de la déesse, avec cette violente apostrophe : « Ah ! si je pouvais te tenir, toi aussi, si je pouvais t'en faire autant ! Certes, j'aurais grande joie à voir la poitrine de cet animal suspendue à ton flanc[14]. »

Ishtar, cependant, s'était éloignée en hâte. Déjà, elle avait rassemblé la troupe de ses suivantes, les Harimtu et les Samhat, tout le cortège des prostituées attachées au service de son temple, et conduisait elle-même le deuil du taureau céleste.

De son côté, Gilgamesh ne perdait pas de temps. Aussitôt, il avait convoqué la corporation des artisans, et leur avait commis le soin d'estimer exactement la grosseur des cornes de l'animal. Le résultat de l'expertise surpassa l'attente générale. On n'avait jamais vu des cornes de taureau ayant telles dimensions. Leur masse équivalait à une pièce d'*uknu*[15] de trente mines ; leur épaisseur mesurait un demi-pouce ; ensemble, elles pouvaient contenir six mesures d'huile. L'estimation une fois terminée, Gilgamesh fit hommage à son patron, le dieu de Marad, de ces cornes, — deux beaux vases affectés au service du temple, destinés à conserver les saintes huiles. — Il vint lui-même les apporter et les suspendre dans le sanctuaire, comme un gage de sa colère enfin assouvie.

Les deux héros, cette cérémonie une fois accomplie, se purifièrent en lavant leurs mains dans l'Euphrate, puis, s'étant mis en route ; ils se dirigèrent vers Uruk. Bientôt, ils firent leur entrée triomphale dans la ville... Les notables d'Uruk étant venus lui rendre leurs soumissions, Gilgamesh, en pleine assemblée, leur adressa cette proclamation : « Qui donc est brave parmi les braves ? qui est fort parmi les forts ? » Une seule voix s'éleva de toutes parts : « Gilgamesh est brave parmi les braves ! Gilgamesh est fort parmi les forts ! » Gilgamesh salué roi par acclamation !... La gloire du héros était élevée à son comble.

Comme don de joyeux avènement, il donna dans son palais une fête splendide. On mangea et on but tant, que, sur la fin du repas, les convives en liesse s'endormirent sur leurs lits de repos. Un vrai festin de héros... Enkidu, lui aussi, s'endormit. Or, dans son sommeil, il eut un songe qu'il s'empressa de communiquer à Gilgamesh. Le songe était d'importance, car, il lui avait manifesté la volonté des grands dieux.

---

1. Le récit du combat devait occuper la plus grande partie de la cinquième tablette. Malheureusement, de cette tablette, il ne nous est parvenu, si l'on en excepte le début, qui est assez bien conservé, que quelques mots isolés, tout au plus, quelques bouts de phrases des col. II et VI, dont il est difficile de démêler le sens, par rapport l'ensemble.
2. Tab. V, Col. VI, l. 45. C'est la dernière ligne de la tablette qui nous apprend l'issue du combat et la mort de Humbab

3. Tab. VI, l. 1-5.
4. Tab. VI, l. 6.
5. Tab. VI, l. 7-9.
6. Tab. VI, l. 10-21.
7. La première partie du discours de Gilgamesh à Ishtar (tab. VI, l. 24-41) est tellement fragmentaire, qu'on ne saurait en reconstituer, ni le sens, ni la suite naturelle, avec quelque certitude.
8. Ce mot, qui signifie en assyrien « mes ailes, » est une véritable onomatopée, reproduisant le cri même de l'oiseau, dont il est ici question.
9. Tab. VI, l. 42-79.
10. Tab. VI, l. 80-114. Certaines parties du dialogue entre Anu et Ishtar sont très mutilées : ainsi les l. 95-100, 104-106, 110-114.
11. Tab. VI, l. 120-169. — Tout ce passage contenant le récit de la lutte entre Gilgamesh et Enkidu et le taureau céleste est malheureusement mutilé et plein de lacunes. De plus, il semble bien qu'il y ait une interversion dans l'ordre du texte tel qu'il a été fixé par Haupt ; les l. 120-125 ne paraissent pas être ici à leur place.
12. Tab. VI, l. 170-173.
13. Tab. VI, l. 174-177.
14. Tab. VI, l. 184-186.
15. Une sorte de pierre précieuse.

TRADUCTION DES TABLETTES

EXPÉDITION CONTRE HUMBABA

[Tab.IV.]
[Col. I.]

…………………………
10………………………………………
…………… mon …………………
………………………… il garda son ami………
«………………………… en ta présent
………………………… de la forêt de cèdres
15………………………… fais voir le combat
…… que l'oiseau *tappâ* (?) dévore son cadavre
son cadavre, en réjouissance
moi et nous t'avons rendu des hommages, ô roi !
en retour, tu nous accorderas ta protection, ô roi ! »

20 il ouvrit sa bouche et dit

………………………à Enkidu

«……… il alla au palais élevé

……………. de la grande déesse

…………sage et connaissant toutes choses,

25………………………. à nos pieds,

………………………………. sa main. »

………………………………. ils vont au palais élevé,

………………………………. de la grande déesse.

AMOUR ET VENGEANCE D'ISHTAR ; LUTTE CONTRE LE TAUREAU CÉLESTE

[Tab.V.]

10 Je te ferai asseoir sur un char de pierre *uknu* et d'or,

au timon (?) d'or, aux cornes de diamant (?),

tu auras un attelage de grands mulets (?) tout blancs.

Entre dans notre demeure, en respirant la bonne odeur du cèdre.

Dès que tu auras fait ton entrée en notre demeure,

15 …… de l'Euphrate (?) te baiseront les pieds,

……… sous toi, rois, seigneurs et grands.

…… t'apporteront en tribut les produits de la montagne et de la plaine,

…… […...] tes brebis produiront des jumeaux,

……… ils t'amèneront en tribut des bœufs.

20 …… sur le char, que la course soit brillante,

……… au joug, qu'il n'ait pas de rival ! »

Gilgamesh, ayant ouvert la bouche,

parla et dit à Ishtar, la grande déesse :

«……………. à toi, je te prendrai,

25……………. le corps et les vêtements,

……………. les mets et la nourriture,

.... les insignes de la divinité,
.... les insignes de la royauté.
....
30 .... lui a amoncelé,
........................d'une couverture,
....................je te prendrai,
.... une pluie torrentielle (?),
la porte de derrière ... empêchera, il fera souffler (?) le vent,
35 le palais .... du guerrier,
d'un voile (?) .... couvre-la,
le côté .... elle,
en portant, un corps glorieux (?) ...... elle,
en portant de pierre rouge ...... un mur de pierre,
40 ils se sont assis (?).......... pays ennemi,
[......]............ son seigneur.
Où est l'époux .... pour toujours.
Où est ton *allal* ? .... il est monté.
Allons ! .... tes caprices.
45 [......]............... à ton côté.
À Tammuz, l'amant de ta jeunesse,
tu as destiné une lamentation annuelle.
Tu as aimé un *allal*, au plumage diapré ;
or, tu l'as frappé, tu lui as brisé les ailes,
50 et maintenant, il se tient dans les bois, criant : *kappi* ! (mes ailes !).
Tu as aimé un lion, d'une rare vigueur ;
or, sept et sept fois (?), tu l'as déchiré de coups.
Tu as aimé un cheval, fier au combat ;
or, tu lui as imposé le frein, des guides (?) et l'éperon (?) ;
55 tu lui as fait fournir une course de quatorze heures,
jusqu'à lui donner le tremblement et la soif de la fièvre ;
à sa mère, la déesse Silili, tu as réservé les pleurs.
Tu as aimé un maître berger, qui,
continuellement, faisait fumer de l'encens [1],
60 et, chaque jour, égorgeait des victimes en ton honneur ;

or, tu l'as frappé, tu l'as changé en léopard (?),

à présent, ses propres gardiens (?) s'acharnent sur lui,

et ses chiens le mordent, jusqu'à le meurtrir.

Tu as aimé un jardinier (?), préposé à la garde du verger de ton père,

65 qui, sans cesse, t'apportait des présents choisis (?),

et, chaque jour, parait tes plats ;

or, tu as levé les yeux sur lui, et, l'ayant abordé :

« Mon jardinier, (lui as-tu dit), mangeons, veux-tu, tes concombres (?),

étends la main et porte-la sur nos trésors (?). »

70 Le jardinier t'a répondu :

« Que me veux-tu ? Ma mère, ne les fais pas cuire, je n'en mangerai pas,

car, elle est funeste (?) et pernicieuse (?), la nourriture que je prendrais.

Qui l'effleure seulement (?)

est secoué par la fièvre (?) [2].

75 Toi, tu as entendu cela,

.... alors, tu l'as frappé, tu l'as rendu infirme (?),

tu l'as cloué sur son lit de repos ;

il ne monte ni ne descend ....

Or, à présent, tu m'aimes moi, comme eux... »

80 La déesse Ishtar, ayant entendu cela,

entra en colère et monta vers les cieux.

La déesse Ishtar se présenta devant Anu, son père,

devant Antu, sa mère, elle se présenta et parla ainsi :

« Mon père, Gilgamesh m'a outragée (?).

85 Gilgamesh s'est porté juge de mes trahisons (?),

de mes trahisons (?) et de mes méfaits (?). »

Anu, ayant ouvert la bouche, parla et

dit à Ishtar, la grande déesse :

« Assurément, toi tu l'as provoqué ....

90 et Gilgamesh a dénombré tes trahisons (?),

tes trahisons (?) et tes méfaits (?). »

La déesse Ishtar, ayant ouvert la bouche,
parla et dit à Anu, son père :
« Mon père, crée le taureau céleste et ....
95 Gilgamesh tout ce que
....
si ....
je frapperai ....
l'*asak* [3] ....
100 sur .... »
Anu, ayant ouvert la bouche,
parla, et dit à Ishtar, la grande déesse :
« Que me veux-tu ?
.... sept noms proférés,
105 .... il a rassemblé,
.... des mets. »
La déesse Ishtar, ayant ouvert la bouche,
parla et dit à Anu, son père :
« .... je veux me venger !
110 .... j'ai établi,
.... noms proférés,
.... il a rassemblé
.... des mets,
.... lui-même. »
115 *(Il manque plusieurs lignes).*
120 ...... il le frappa entre les cornes,
...... Enkidu partit en chasse,
son (?) ...... le taureau céleste,
.... il le saisit par le corps de sa queue,
....
125 *(Il manque plusieurs lignes).*
.... avec des braves,
.... au milieu,
130 .... trois cents braves,
.... au milieu,

.... sur Enkidu,
.... de sa lutte
.... Enkidu saisit le taureau céleste
135 ....
les cornes ....
.... sa grandeur ....
.... il lui fit ....
.... et ....
140 Au second assaut,
.... deux cents braves ....
(Une ligne d'intervalle).
Au troisième assaut,
.... Enkidu frappa ....
145 Enkidu enleva ....
il prit par devant le taureau céleste ....
par le corps de sa queue,
.... Enkidu, ayant ouvert la bouche,
parla et dit à Gilgamesh :
150 « Mon ami, nous nous sommes illustrés comme nous avons
....
Mon ami, j'ai vu ....
et la force ....
que j'enlève ....
155 moi ....
que je prenne
.... certes,
.... dans
....
160 *(Il manque environ 7 lignes).*
167 Or, Gilgamesh, comme un homme ....
Un guerrier ....
il le frappa entre les cornes, et ....
170 Après qu'ils eurent abattu le taureau céleste,
le cœur............... en présence de Samas,

.... ils prirent, et, à la face de Samas,
.... ils s'assirent en frères, ...
La déesse Ishtar monta sur le mur d'Uruk supuri,
175 elle déchira ses vêtements (?) et jeta cette malédiction :
« Malheur à Gilgamesh qui m'a contredit
et a tué le taureau céleste ! »
Enkidu, ayant entendu les paroles d'Ishtar,
arracha la jambe droite (?) du taureau céleste
180 et la lui jeta à la face, (disant) :
«Et toi aussi, certes, je voudrais te tenir
et te traiter de même !
Ah ! si je pouvais suspendre sa poitrine (?) à ton flanc ! »
La déesse Ishtar rassembla ses suivantes,
185 les Samhat et les Harimtu,
et fit une lamentation sur le membre du taureau.
Gilgamesh convoqua toute la troupe des *kiskattê*,
pour estimer la grosseur des cornes de l'animal.
Or, leur masse (?) équivalait à une pièce d'*uknu* de trente mines,
190 leur épaisseur (?) était d'un demi-pouce ;
ensemble, elles contenaient six *gur* d'huile.
Il les offrit à son dieu, le dieu de Marad, comme vases d'onction (?).
Lui-même les apporta et les suspendit, comme un témoignage de sa colère assouvie (?).
(Alors les deux héros), ayant lavé leurs mains dans l'Euphrate,
195 se mirent en route, et, allant toujours,
ils traversèrent les rues d'Uruk ....
Les hommes d'Uruk assemblés lui rendirent leurs soumissions.
Gilgamesh, s'adressant aux principaux (?) [4] de ...
fît cette proclamation :
200 — « Qui est brave parmi les braves ?
Qui est fort parmi les forts ? »
— « Gilgamesh est brave parmi les braves !
Gilgamesh est fort parmi les forts ! »
.... notre force,

205 .... il n'y a pas.

....

Gilgamesh donna une fête dans son palais.

Or, les héros couchés sur des lits de repos, s'endormirent.

Enkidu, s'étant endormi aussi, eut un songe,

210 Et Enkidu s'en vint raconter ce songe à Gilgamesh,

disant : « Mon ami, quant à ce que les grands dieux ont décidé, »

Sixième tablette : celui qui a vu l'abîme. Histoire (?) de Gilgamesh.

215 Copie certifiée conforme au texte ancien.

Propriété d'Assurbanipal,

....

220 roi des légions, roi du pays d'Assur.

---

1. Mot à mot : « répandait la fumée de l'encens. »
2. Mot à mot : « dont la surface de contact (?) est recouverte du feu de la fièvre (?). — Ce passage contient plusieurs allusions obscènes.
3. Une sorte de démon.
4. Hommes ou femmes. Le texte, en effet, nous offre ici en variante, à côté de la forme féminine *muttappilati*, la forme masculine *mutippila*. Le sans d'ailleurs n'est pas absolument certain.

MORT D'ENKIDU

Il semble qu'après tant de dangers courus, Gilgamesh et Enkidu allaient enfin jouir en paix du fruit de leurs travaux. Il n'en fut rien, hélas !... Le moment approchait, en effet, où Enkidu devait être ravi à l'amitié de Gilgamesh.

Quelles circonstances amenèrent la mort d'Enkidu ? Il serait difficile de le dire[1]. Nous savons seulement que le héros avait pressenti sa fin prochaine, car, étant tombé malade, il reconnut dans ce coup l'accomplissement d'un songe qu'il avait eu. Enkidu, s'étant alité, ne se releva plus ; il succomba après douze jours d'une maladie opiniâtre[2].

Gilgamesh, blessé au cœur, ne put d'abord retenir ses plaintes : « Malheur à moi, s'écria-t-il, puisque me voilà en butte à la haine... Maintenant, j'ai peur, oh ! j'ai peur du combat... » et, en disant cela, sa voix s'étouffait dans les sanglots...

Après avoir rendu à son ami les derniers devoirs Gilgamesh s'enfuit en toute hâte, par crainte d'être surpris, lui aussi, par la mort : « Non, se dit-il en lui-même, je ne veux point mourir comme Enkidu. Maintenant que j'ai été éprouvé par la douleur, j'ai peur, oh ! j'ai peur de la mort...[3] »

Une perte aussi cruellement ressentie, modifia profondément l'humeur de Gilgamesh. De ce jour, ce ne fut plus le même homme. Hanté par de sombres visions, il ne rêva plus de combats, mais d'immortalité. Au lieu de courir les belles aventures, il se mit en quête du secret de la vie. L'infatigable lutteur fit place en lui au chercheur inquiet. Ainsi voyons-nous, dans le poème de Gilgamesh, aux récits de guerre, succéder les récits de voyage. La mort d'Enkidu est comme le centre de l'action. Elle est la fin d'une Iliade et le commencement d'une Odyssée.

---

1. La huitième tablette, qui contenait le récit de la mort d'Enkidu, est malheureusement mutilée. Il ne nous est parvenu, en effet, de cette tablette qu'une partie des col. I et VI. Des trois fragments qui paraissent constituer la col. I, on ne saurait rien tirer. Le premier comprend à peine quelques mots isolés Le second renferme un dialogue entre deux arbres qui se disputent la primauté. Le troisième enfin, où se trouve mentionné la ville de Nippur, a rapport à une expédition dont le but reste inconnu.
2. Tab.VIII. Col. VI, l.19-27.
3. Tab. VIII. Col. VI, l. 28-32 et Tab. IX. Col. I, l. 1-5.

TRADUCTION DES TABLETTES

MORT D'ENKIDU

[Tab. VIII.]
[Col. I.]

10 ....
....
maintenant, ...
moi ....
certes, ...
15 certes, Gilgamesh ....
le nom ....
....
sa parole ....
Gilgamesh ....
20 Gilgamesh ....
....

[Tab. VIII.]
[Col. II.]

«………………………………
15 il prit ………………………
le cèdre, le cyprès, ………………………
dans le verger, certes (?),………………………
et toi, qu'il te ………………………
tu as pris la demeure ………………………
20 dans tout l'ensemble ………………………
détruisant beaucoup ………………………
le démon des arbres ………………………
ta femme, ô cèdre, fit ………………………
ta racine n'est point forte dans ………………
25 ni fraîche ton ombre, ………………………
ni épaisse ton écorce, ……………………… »
Le cèdre repartit violemment …………
« La lutte, certes, ………………………
comme une pousse ………………………
30 ……… le bois ………………
……………………………………… »
………………………………
Enkidu ………………………
dit ………………………

[Tab. VIII.]
[Col. III.]

30 « Allons, ………………………
dans ………………………
la porte ………………………

....
....
35 ....
dans ....
Enkidu ....
avec la porte
la porte ....
40 n'ayant pas prêté attention, ...
à une distance de quarante heures, j'ai transporté.
jusqu'au cèdre antique (?), j'ai vu ....
aucune (forêt) ne possède d'arbre pareil au tien,
de 6 *gar* ton étendue, de 2 *gar* ta largeur, ...
45 ta hauteur (?), ton pourtour et ta surface (?), ...
ta prééminence (?), ta vigueur (?), dans la ville de Nippur ....
certes, je connais la porte comme celui-ci, ...
et celui-ci, la pureté ....
j'ai emporté son ordre, ...
50 je t'ai présenté l'ordre .... »

[Tab. VIII.]
[Col. VI.]

....
.... tout ....
... son (?)...... je suis parti bien portant, ...
mon ami eut un songe, qui ne ...... pas ...
20 au jour où il vit le songe accompli, ...
Enkidu se coucha. Le premier jour, ...
qu'Enkidu fut dans son lit, ...
le troisième jour et le quatrième jour, ...
le cinquième, le sixième et le septième, le huitième ...

25 de la maladie d'Enkidu, ...
le onzième et le douzième, ...
Enkidu, dans son lit, ...
Gilgamesh s'écria ....
« Mon ami, il m'a haï ....
30 comme celui qui au milieu ....
j'ai redouté le combat, et ....
mon ami, celui qui dans le combat ....
moi ....
....

[Tab. IX.]
[Col. I.]

Gilgamesh, sur le sort d'Enkidu, son compagnon,
pleura amèrement, puis il s'en revint :
« Moi, (dit-il), je ne veux point mourir, certes,
comme Enkidu ;
le deuil envahit mon âme,
5 j'eus peur de la mort, c'est pourquoi je m'en retournai. »

MERVEILLEUSE ODYSSÉE :
RENCONTRE AVEC LES LIONS ; LES
PORTES DU SOLEIL ET LES HOMMES-
SCORPIONS ; LA RÉGION DE LA NUIT
ET LES JARDINS ENCHANTÉS ; LA
DÉESSE SABIT ET LE PILOTE AMEL-
ÉA ; L'OCÉAN ET LES EAUX DE LA
MORT ; UTA-NAPISHTIM, L'ÉLOIGNÉ

Gilgamesh comptait parmi ses aïeux un certain Uta-Napishtim et sa femme, lesquels, après avoir été sauvés miraculeusement du déluge, avaient obtenu des dieux, par un privilège unique, le don d'immortalité. Le couple divin demeurait au loin, sur un rivage fortuné, à « la bouche » des fleuves.

Gilgamesh, miné déjà par un mal mystérieux, sans cesse obsédé par l'image de la mort, se mit donc en route aussitôt, pour se rendre auprès de sa Haute Seigneurie, Uta-Napishtim, fils de Ubara-Marduk, espérant obtenir de lui sa guérison et aussi le secret d'immortalité,

Or, après avoir cheminé tout le long du jour, sur le soir, comme le héros arriva au pied de la montagne, voilà que, tout d'un coup, il se trouva face à face avec des lions. À cette vue, son premier mouvement fut un mouvement de frayeur. Mais ayant jeté vers le dieu Sin cet appel désespéré : « Sauve-moi, ô mon Dieu, sauve-moi, » aussitôt il se sentit réconforté. Alors, d'une main saisissant la hache, de l'autre le glaive, il fondit sur les lions. Il frappait de droite et de gauche avec furie... Dans cette lutte sauvage l'homme vainquit le fauve. Gilgamesh, déjà célèbre par tant d'exploits, acquit ainsi le renom de grand chasseur. Désormais, il restera le type du légendaire tueur de lions[1].

À peine sorti victorieux de cette première épreuve, Gilgamesh allait en subir une seconde plus redoutable encore. C'était aux abords du mont Masu, ce mont fameux de toute antiquité. Les hommes-scorpions en défendaient l'accès. Placés comme des sphinx, du côté de l'orient et de l'occident, ils gardaient jalousement les portes par où se lève et se couche le soleil, Ces monstres avaient leur légende. Ils avaient pris dans l'imagination populaire des proportions étranges et effroyables. Leur tête, disait-on, touchait la voûte du ciel, et leur poitrine plongeait dans les enfers. Leur seul aspect était foudroyant, et leur regard mortel ; leur éclat puissant renversait les montagnes... Il eut été bien osé celui qui se serait aventuré dans ces sinistres parages et aurait essayé de franchir le seuil défendu par des gardiens aussi vigilants[2].

À leur vue, Gilgamesh se sentit d'abord glacé d'effroi. Son visage devint noir de peur... Toutefois, s'étant rassuré et prenant une résolution courageuse, il alla droit à leur rencontre : « Quel est donc celui qui vient vers nous ? » dit l'homme-scorpion à sa femme, « on dirait un dieu... » — « Dieu et homme à la fois, » reprit la femme. À peine finissaient-ils de parler, que Gilgamesh les aborda. Or, comme le monstre s'étonna et demandait le motif qui avait amené jusqu'à lui, à travers des routes impraticables, ce voyageur audacieux, celui-ci lui répondit tout uniment qu'il allait au-devant de Uta-Napishtim, son aïeul, de celui qui avait été admis dans la vaste assemblée des dieux, qui possédait le secret de la vie et de la mort[3].

L'homme-scorpion essaya d'abord de dissuader Gilgamesh d'une aussi folle entreprise. Il lui montra les difficultés et les périls de la route. Il n'y avait aucune voie tracée ; personne d'ailleurs, de temps immémorial, n'avait dépassé ces monts. Il fallait aller, vingt-quatre heures durant, à travers la région de la nuit... Le plus sage était évidemment de s'en retourner[4].

Le héros insista ; il pria et pleura tant, que le monstre finit par lui indiquer le chemin, et lui ouvrir la porte qui donnait accès dans les ténèbres[5].

Gilgamesh s'engagea hardiment sur cette route obscure, que suit le soleil au-dessous de l'horizon. Après avoir marché pendant vingt-quatre heures, à l'aveugle, à travers la nuit profonde[6], il se trouva tout d'un coup, ô surprise ! en pleine lumière, parmi des jardins enchantés, tout plantés d'arbres ravissants, avec leurs branches pendantes et leurs fruits étincelants comme des pierres précieuses. Gilgamesh avait enfin mis le pied sur cette terre idéale, située sur les rivages lointains, aux extrémités du monde, il touchait à ce pays du rêve, qui se cristallisa, dans l'imagination des peuples jeunes, en ces paradis enchanteurs où l'on cueillait les pommes d'or[7].

Gilgamesh, cependant, allait son chemin... Il allait, conservant le même aspect, — le corps couvert d'une lèpre, qui servait de vêtement à sa chair divine, — et gardant au cœur la même blessure... Maintenant, il touchait aux bords de la vaste mer, aux limites de l'empire de la déesse Sabit. Or, celle-ci, ayant tourné les yeux de ce côté, du haut de son trône, aperçut au loin Gilgamesh. À la vue de cet inconnu, son premier mouvement fut un mouvement de surprise. « Quel est donc, dit-elle en elle-même, ce voyageur imprudent, qui s'est aventuré en de si périlleux chemins ? Où égare-t-il donc ses pas ? » Mais dès qu'elle l'eût reconnu, aussitôt, elle ferma sa porte avec soin... À ce bruit, Gilgamesh tendit l'oreille et se tint sur la défensive. Puis, s'étant avancé, il cria à travers la porte : « Voyons, Sabit, pourquoi es-tu ainsi effrayée à ma vue ? Pourquoi as-tu fermé la porte sur toi ? Si tu ne l'ouvres, je saurai bien l'enfoncer[8]. »

Devant de telles menaces, force fut à la déesse de céder. Gilgamesh exposa alors à Sabit le but de son voyage. « Mon ami, celui que j'aimais tant, est retourné en poussière ; oui, Enkidu, celui que j'aimais tant, est retourné en poussière. Moi, je ne veux pas mourir comme lui, je ne veux point le suivre dans sa prison redoutable. » Voilà pourquoi il se rendait en hâte auprès de Uta-Napishtim, son aïeul. — « Allons, Sabit, indique-moi le chemin qui mène vers Uta-Napishtim, de grâce, ne me refuse pas ! Je franchirai la mer si cela se peut, sinon, je reviendrai sur mes pas. » — « Non, lui répondit Sabit, la mer ne se peut franchir, de mémoire d'homme, personne ne l'a jamais franchie, si ce n'est pourtant le dieu Samas. Mais qui donc pourrait ce que peut le dieu Samas ? La traversée est rude et le chemin malaisé. Et d'ailleurs, à supposer que tu franchisses la mer, une fois arrivé devant les eaux de la mort que feras-tu ?... Car, tu le sais sans doute, au milieu de la vaste mer, à sa limite extrême, les eaux de la mort se divisent en deux branches... Cependant, puisque cela te tient à cœur, adresse-toi à Amel-Éa. C'est lui, le pilote de Uta-Napishtim. Va, coupe avec lui un cèdre dans la forêt à l'aide d'un instrument de pierre. Une fois qu'il t'aura vu, tu passeras avec lui, si cela se peut, sinon, tu reviendras sur tes pas[9]. »

Gilgamesh, ne se sentant pas de joie, courut droit à la rencontre d'Amel-Éa, le pilote...[10] Or, comme celui-ci l'interrogeait, Gilgamesh, encore une fois, conta sa douleur et exposa le but de son voyage. « Mon ami, celui que j'aimais tant, est retourné en poussière : oui, Enkidu, celui que j'aimais tant est retourné en poussière. Moi, je ne veux point mourir comme lui, je ne veux point le suivre dans la prison redoutable. » Puis, il demanda son chemin à Amel-Éa, comme à la déesse Sabit, comme à l'homme-scorpion. « Allons, Amel-Éa, indique-moi le chemin qui mène vers Uta-Napishtim, de grâce, ne me refuse pas ! Je franchirai la mer, si cela se peut, sinon, je reviendrai sur mes pas[11]. »

Amel-Éa, accédant à la demande de Gilgamesh, consentit à le passer... Mais auparavant, il lui ordonna d'aller couper avec sa hache du bois dans la forêt, de le disposer en un tas[12] et de faire une offrande aux dieux... Ce que Gilgamesh ayant fait, il monta sur le bateau à côté d'Amel-Éa. Le bac une fois mis à flot, le pilote manœuvra si bien, qu'en moins de trois jours, il fit le chemin de trente-cinq jours... Maintenant, Gilgamesh et Amel-Éa se trouvaient en face des eaux de la mort [13].

Au moment où, franchissant l'extrême limite de la mer, ils parvinrent aux eaux de la mort, Amel-Éa fit à Gilgamesh cette recommandation : « Prends garde surtout de ne point toucher avec ta main les eaux de la mort. Accomplis, cependant, la cérémonie accoutumée, conformément au rite prescrit... » Ce dont le héros s'acquitta ponctuellement, suivant les indications du pilote. Or, Uta-Napishtim, ayant tourné les yeux de ce côté, aperçut au loin ces inconnus qui voguaient vers lui. Étonné, il se dit à lui-même : « Quel est donc ce bateau ?... Ce n'est pas assurément un homme quelconque, celui qui vient ainsi vers nous. Tiens, on dirait qu'à sa droite...[14] »

À peine finissait-il de parler, que Gilgamesh l'aborda De prime abord il se fit connaître et raconta toute son histoire ; il dit à Uta-Napishtim, sa lutte contre le guépard de la plaine, contre le taureau céleste, contre Humbaba, le mystérieux habitant de la forêt de cèdres, enfin contre les lions... Il mettait à conter cela ce naïf orgueil, que mettrait un petit-fils à conter à son vieux grand-père ses prouesses, au retour d'une expédition lointaine. Puis, il lui confia sa peine : « Mon ami, celui que j'aimais tant, est retourné en poussière oui, Enkidu, celui que j'aimais tant, est retourné en poussière. Moi, je ne veux point mourir comme lui, je ne veux point le suivre dans la prison redoutable. C'est pourquoi je suis venu te trouver, toi, Uta-Napishtim, l'Éloigné, dont on parle tant. Je ne me suis pas laissé rebuter par les difficultés et les périls de la route. J'ai parcouru des plaines, franchi d'âpres montagnes, traversé la mer. J'ai connu la détresse, et ressenti la douleur. J'allais, les vêtements en lambeaux, me nourrissant de la chair des bêtes... J'ai tout supporté, tant je désirais te voir et apprendre de ta bouche le secret de la vie[15]. »

Uta-Napishtim ne céda point d'abord à la demande de Gilgamesh. Il commença par l'exhorter à la résignation. Nul ne saurait échapper à la mort. C'est le destin... Les dieux et les hommes n'y peuvent rien[16]. La mort est le dernier ennemi de l'homme, le seul que l'homme ne puisse vaincre. « Depuis que l'on bâtit des maisons, depuis que les frères se querellent et que l'inimitié existe entre les hommes, depuis que le fleuve roule ses eaux et que les oiseaux du ciel regardent le soleil en face, toujours l'homme a été voué à la mort... L'homme a beau prier, rien n'y fait. Ce sont les Anunnaki, les grands dieux et Mammit, la maîtresse du destin, qui fixent le sort de chacun et règlent la vie et la mort. Jamais ils n'ont révélé à personne le jour de son trépas[17] ? »

Ainsi ces hommes antiques connurent, comme nous, les angoisses de la douleur et de la mort. Ah ! elles furent bien amères, aux premiers jours, les larmes versées par un ami sur un ami, et bien troublante aussi l'image de la mort ! Longtemps, l'humanité, comme écrasée par le mystère des choses, vécut dans une sorte d'oppression morale. Elle traversa d'horribles transes... Plus d'un, sans doute, s'écria avec Gilgamesh : « Mon ami, celui que j'aimais tant ; est retourné en poussière.

Oh ! je ne veux point mourir comme lui ; je ne veux point le suivre dans sa noire prison. » Plus d'un aussi alla consulter les sages. Mais les sages eux-mêmes étaient embarrassés. Ils n'avaient point de remèdes contre de telles afflictions. Pas même une parole de consolation et d'espoir... Ils se contentaient, comme Uta-Napishtim, de prêcher la résignation : « La mort est inexorable et surprend chacun à l'improviste. Telle est la volonté des Anunnaki, des grands dieux et de Mammit, la souveraine du destin... » Pauvre humanité ? Comme elle dut souffrir des deuils inconsolés ! Comme elle dut se lamenter en face de la mort, de l'affreuse mort, sans espérance !...

---

1. Tab.IX. Col. I, l.6-18.
2. Tab. IX. Col. II, l. 1-9.
3. Tab. IX. Col. II, l. 10-21 et Tab. IX. Col. III, l. 3-5.
4. Tab. IX. Col. III, l. 6-11, l. 17-18.
5. Tab. IX. Col. IV, l. 33-43.
6. Tab. IX. Col. IV, l. 44-50 et Tab. IX. Col. V, l. 23-45.
7. Tab. IX Col. V. l. 46-51. Cf. Tab. IX. Col. VI.
8. Tab. X. Col. I, l. 1-22.
9. Tab. X. Col. II, l. 8-31. On ne saurait rien tirer du début de la col. II. Ce fragment, d'ailleurs, ne paraît pas être ici à sa place.
10. Tab. X. Col. II, l. 32-34.
11. Tab. X. Col. III, l. 1-35.
12. Il lui ordonne en même temps de faire un *parisu* de cinq gar. Qu'était-ce au juste que ce *parisu* ? Il serait difficile de le dire. Un peu plus loin, à la colonne suivante, ce même *parisu* joue le principal rôle dans certaine cérémonie qu'accomplit Gilgamesh, tandis qu'il vogue, en compagnie d'Amel-Éa, sur les eaux de la mort.
13. Tab. X. Col. III, l. 36-50. Les l. 37-39 sont très obscures.
14. Tab. X.Col. IV, l. 1-21.
15. Tab. X. Col. V, l. 1-35. Cf. le duplicata de la Tab. X. Col. V, l. 10-25. On ne saurait rien tirer du fragment qui termine la col. V. Il n'est pas certain, d'ailleurs, que ce morceau soit ici à sa place.
16. Tab. X. Col. V, l. 36-45.
17. Tab. X. Col. VI, l. 26-39. On ne saurait rien tirer du second fragment, donné comme appartenant à la col. VI. Cette attribution est, d'ailleurs, fort incertaine.

TRADUCTION DES TABLETTES

MERVEILLEUSE ODYSSÉE : RENCONTRE AVEC LES LIONS ; LES PORTES DU SOLEIL ET LES HOMMES-SCORPIONS ; LA RÉGION DE LA NUIT ET LES JARDINS ENCHANTÉS ; LA DÉESSE SABIT ET LE PILOTE AMEL-ÉA ; L'OCÉAN ET LES EAUX DE LA MORT ; UTA-NAPISHTIM, L'ÉLOIGNÉ

[Tab. IX.]
[Col. II.]

Cette montagne est célèbre sous le nom de Masu …
Aux approches du mont Masu ……………
Ceux qui, tous les jours, en défendent l'entrée et la sortie,
(sont des monstres), dont la tête touche la voûte du ciel,
5 et dont la poitrine plonge au plus profond de l'Aral.
Ce sont les hommes-scorpions qui en gardent la porte,
ceux dont le seul aspect[1] est foudroyant, dont le regard est mortel,
et dont l'éclat puissant renverse les montagnes.

Ils gardent le soleil à l'Orient et à l'Occident.
10 À leur vue, Gilgamesh, d'abord saisi d'effroi et de terreur, s'assombrit,
puis, ayant pris sa résolution, il alla au-devant d'eux.
L'homme-scorpion dit à sa femme :
« Celui qui vient à notre rencontre a l'apparence d'un dieu[2]. »
15 La femme répondit à l'homme-scorpion :
« Ses songes (?) sont d'un dieu, mais sa démarche (?) est bien d'un homme. »
L'homme-scorpion, le mâle, dit
.... des dieux il proclama la volonté :
« .... un long chemin,
20 .... jusqu'en ma présence,
.... dont le passage est difficile,
.... ton .... qu'il sache
.... est situé,
.... qu'il sache, ... »

[Tab. IX.]
[Col. III.]

....
« ....
Dans ...... Uta-Napishtim, mon aïeul, ...
qui se tient dans l'assemblée, ...
5 la mort et la vie .... »
L'homme-scorpion, ayant ouvert la bouche,
parla et dit à Gilgamesh :
« Il n'y a pas, Gilgamesh, ...
de cette montagne, personne ....
10 à une distance de vingt-quatre heures, ...

qui est une région de ténèbres, où ne pénètre point la lumière.
Au lever du soleil, ...
au coucher du soleil, ...
au coucher du soleil, ...
15 sortit ....
brilla ....
toi ....
retourne ....
....
20 région ....
....

[Tab. IX.]
[Col. IV.]

....
dans le deuil, ...
dans les plaintes, ...
35 dans les gémissements, ...
maintenant,
L'homme-scorpion ....
à Gilgamesh ....
« Va, Gilgamesh, ...
40 les montagnes de Masu ....
les montagnes ....
les femmes ....
la grande porte du pays ....
Gilgamesh ....
45 au nom ....
la route du soleil ....
deux heures, ...
de la région de ténèbres, ...

il ne laissa pas ....
50 quatre heures, ...

[Tab.IX.]
[Col. V.]

....
huit heures, ...
de la région de ténèbres, ...
25 il ne laissa pas ....
dix heures, ...
de la région de ténèbres, ...
il ne laissa pas ....
douze heures, ...
30 de la région des ténèbres, ...
il ne laissa pas ....
quatorze heures, en approchant ....
de la région de ténèbres, où ne pénètre point la lumière,
il ne laissa pas ....
35 seize heures, ... il cria,
de la région de ténèbres, où ne pénètre point la lumière,
il ne laissa pas .... derrière lui ;
dix-huit heures, ... la région du nord,
.... devant lui,
40 .... où ne pénètre point la lumière,
.... derrière lui,
....
.... la mêlée,
.... deux heures,
45 .... avant le soleil,
.... la lumière habite,

...... comme (?)...... des dieux splendide à voir.

Ses fruits sont de pierre *sandu* ;

ses branches (?) pendantes offrent un agréable aspect ;

50 ses bourgeons (?) sont de pierre *uknu* ;

ses fruits ont belle apparence.

[Tab. IX.]

[Col. VI.]

....

....

.... le cèdre ....

25 pour la deuxième fois (?), de pierre blanche (?), moi(?)

[...] la mer ... de pierre za-*tu-be*, ...

comme l'arbre *num* et l'arbre de la forêt ?)[...]

la sauterelle .... avec la semence,

de pierre *nisikti*, de pierre *ka* ...... à ......

30 .... et .... il parla,

comme .... sur [......]

de .... la mer,

il y a vers ....le charme,

Gilgamesh ....sa démarche,

35 il porta .... ce dieu

La déesse Siduri Sabitum,

celle qui est assise sur le trône de la mer,

Neuvième tablette : celui qui a vu l'abîme. Histoire (?) de Gilgamesh.

40 Propriété d'Assurbanipal,

roi des légions, roi du pays d'Assur.

....

tout ce que ....

l'habileté au combat ....

50 sur des tablettes, j'ai inscrit ....
pour l'exposition ....
au milieu du palais ....

[Tab. X.]
[Col. I.]

La déesse Siduri Sabitum, celle qui sur le trône
de la mer est assise
....
« Il y eut une deuxième fois (?), il y eut ...
couvre [......], et ....
5 Gilgamesh s'approcha (?), et ....
couvert de lèpre, ...
ayant la chair des dieux dans ....
la douleur envahit son âme.
Sabitum tourna les yeux vers celui qui avait entrepris ce long voyage,
10 et le regarda venir de loin ....
Elle conçut en son cœur ces pensées, ...
et en elle-même, ...
« Quel est donc celui qui ....
Où se dirige-t-il avec ....
15 À sa vue, Sabitum ferma ....
elle ferma et referma sa porte ....
Gilgamesh, lui, tendit l'oreille ....
il leva son *zukat* et ....
Gilgamesh, s'adressant à Sabitum, lui dit :
20 « Sabitum, qu'as-tu vu que ....
que tu aies fermé ta porte, ...

je briserai la porte ....
....

[Tab. X.]
[Col. II.]

« Ecoute-moi, vieillard, ...
moi, à Enkidu, ...
comme un moucheron (?), ...
la hache attachée à mon côté, ...
5 le glaive suspendu à ma ceinture, ...
[.........] mes fêtes ....
.... il vint et ....
.... donne ....
.... la parole de mon ami ....
.... la parole d'Enkidu ....
10 .... je m'en revins,
...... que je ramène (?), que j'évoque (?).........
Mon ami, celui que j'aimais est retourné en poussière ;
Enkidu, mon ami, celui que j'aimais, est retourné en poussière.
Moi, (dit-il), je ne veux point mourir, certes, comme lui ; je ne veux point entrer dans la forte citadelle. »
15 Gilgamesh, s'adressant à Sabit, lui dit :
« Maintenant, Sabit, (dis-moi) quel est le chemin qui mène vers Uta-Napishtim ?
Quel est ce chemin ? Fais-le moi connaître, oh ! oui, fais-le moi connaître.
Si le passage est facile, je franchirai la mer,
si, au contraire, le passage est impossible, je reviendrai sur mes pas. »
20 Sabit, s'adressant à Gilgamesh, lui dit :
« Il n'existe point de passage, ô Gilgamesh,

et, de temps immémorial, aucun de ceux qui sont venus n'a pu franchir la mer.

Samas, le guerrier, la franchit sans doute ; mais qui donc, si ce n'est Samas, pourrait la franchir ?

La traversée est rude, la route ardue.

25 En outre, au milieu, en deçà (de la mer), se divisent les eaux de la mort.

À supposer, Gilgamesh, que tu parviennes à franchir la mer,

une fois arrivé aux eaux de la mort, que feras-tu ?

Gilgamesh, le pilote de Uta-Napishtim est Amel-Éa.

Avec un instrument (?) de pierre, de concert avec lui, va, abats un cèdre dans la forêt.

30 ……………………… qu'il voie ta face.

Si le passage est facile, traverse avec lui, si, au contraire, le passage est impossible, reviens sur tes pas. »

Gilgamesh, ayant entendu cela,

……………… à ………………

……………… joyeux, il descendit ……

35 …………… au milieu d'eux. ………

………………………… et …………

………………………………………

………………………………son (?)………

………………………… Gilgamesh

40 ………………………… sa poitrine,

…………………………le bateau

…………………………de la mort,

………………………… vaste,

………………………… le champ

45 ………………………… au fleuve

………………………… le bateau

………………………… sur le bord,

………………………… le pilote,

………………………… la grandeur,

50 ………………………… toi.

[Tab. X.]
[Col. III.]

Amel-Éa, s'adressant à Gilgamesh, lui dit :
« Pourquoi ta force puissante ………………
………… ton cœur ……………… »
Le deuil envahit son âme
5 …… tourna ses yeux vers celui qui avait entrepris ce long voyage.
la plainte (?) et tu es propice (?) à la place …
……………… et ………………
………………………… dit à ………
«……………… ne ………………
10 ………… la main a porté …………
le deuil envahit ton âme
………………………………………
……………… place ………………
dans ………………………………
………………………………………
20 mon ami, ………………………
Enkidu ………………………
il parvint ………………………
six jours ………………………
jusque ………………………
25 ………………………………
………………………………………
………… ma main (?)………………
………………………………………
……… que je ramène (?), que j'évoque (?), …
30 Mon ami, celui que j'aimais, est retourné en poussière ; Enkidu, mon ami, celui que j'aimais, est retourné en poussière.

Moi, (dit-il), je ne veux point mourir, certes, comme lui ; je ne veux point entrer dans la forte citadelle. »

Gilgamesh, s'adressant à Amel-Éa, le pilote, lui dit :

« Maintenant, Amel-Éa, (dis-moi) quel est le chemin qui mène vers Uta-Napishtim ?

Quel est ce chemin ? Fais-le moi connaître, oh ! oui, fais-le moi connaître.

35 Si le passage est facile, je franchirai la mer, si, au contraire, le passage est impossible, je reviendrai sur mes pas. »

Amel-Éa, s'adressant à Gilgamesh, lui dit :

« Tes mains, Gilgamesh, ont empêché ....

tu as taillé des objets de pierre, ...

des objets de pierre ont été taillés, ...

40 Gilgamesh, saisis de ta main la hache,

descends vers la forêt et un *parisu* de cinq *gar* .

amoncelle et fais une offrande (?) ; apporte ... »

Gilgamesh, ayant entendu cela,

saisit de sa main la hache,

45 descendit vers la forêt et un *parisu* de cinq *gar* ,

il amoncela et fit une offrande (?) ; il apporta ...

Gilgamesh et Amel-Éa montèrent ....

ils mirent le bateau à flot, et eux ....

Le pilote fit en trois jours un chemin de trente-cinq jours ....

50 Amel-Éa parvint aux eaux de la mort.

[Tab. X.]
[Col. IV.]

Amel-Éa, s'adressant à Gilgamesh, lui dit :

« Tous les jours, Gilgamesh, ...

ne touche pas de ta main les eaux de la mort,

deux, trois et quatre fois, Gilgamesh, prends le *parisu*,
5 cinq, six et sept fois, Gilgamesh, prends le *parisu*,
huit, neuf et dix fois, Gilgamesh, prends le *parisu*,
onze et douze fois, Gilgamesh, prends le *parisu*. »
Jusqu'à cent vingt fois Gilgamesh accomplit ……
alors, il l'ouvrit par le milieu …………
10 Gilgamesh poussa un cri ………………
dans ses mains il prit le *karû* ……………
Uta-Napishtim regarda au loin …………
Il conçut en son cœur ces pensées ………
et en lui-même, il ………………
15 « Quelle est la taille (?) du bateau ………
inachevé (?), et monté de cinq …………
Celui qui s'avance n'est pas un homme quelconque et, à sa droite,
………………
Je regarde et il ne ………………
je regarde et il ne ………………
20 je regarde et ……………………

[Tab. X.]
[Col. V.]

« ……………………………………
……………………………… ma face,
……………… semblable à un *alû*,
……………………………… ma face,
5 ……………… je m'en suis retourné,
……………… le guépard de la plaine,
……………… le guépard de la plaine,
………………………… la montagne,
……nous avons terrassé le taureau céleste,
10 ………… habitant la forêt de cèdres,

.... les lions,
.... toute sorte de difficultés,
... je suis allé à travers toute sorte de difficultés,
.... j'ai pleuré sur lui,
15 .... milieu
.... son ......
.... de la plaine (?),
sur moi, le chemin ...... de la plaine (?),
...... mon ami, sur moi ; la route ....
20 ... que je ramène (?), que j'évoque (?) ......

Mon ami, celui que j'aimais, est retourné en poussière, Enkidu, mon ami, celui que j'aimais, est retourné en poussière.

Moi, (dit-il), je ne veux point mourir, certes, comme lui ; je ne veux point entrer dans la forte citadelle. !

Gilgamesh, s'adressant à Uta-Napishtim, lui dit :

« ainsi : Je veux aller vers Uta-Napishtim, l'Éloigné, et voir celui dont on parle tant.

25 J'ai circulé, j'ai parcouru tous les pays,
...... j'ai franchi les montagnes escarpées,
.... j'ai traversé toutes les mers,
...... ce bonheur n'a pas suffi à me rassasier.
...... moi-même dans la détresse, la douleur a pénétré mes chairs [3]
30 ... Sabit je n'ai pas atteint et elle a déchiré (?) le vêtement,
...... l' *asa*, le *busanu* du guépard, le tigre, le
chevreuil, l'antilope, le fauve ....
eux, j'ai mangé leur chair, j'ai préparé, ...
qu'il ferme sa porte ; avec l'asphalte et plein de joie, la demeure ....
35 .... vers la douleur ....

Uta-Napishtim, s'adressant à Gilgamesh, lui dit :

«...... Gilgamesh le deuil ....
.... les dieux et les hommes ......
.... et ta mère ....
40 .... Gilgamesh au *lillu* ....

.... et ....
.... au *lillu* [.........] ...
... le *kûkku* second, qui, comme ....
...... le dieu [......] comme ....
45 ....

[Tab. X.]
[Col. V.]

10..
Enkidu .... des mulets (?)......
de tout ce que (?) et nous sommes montés,
nous avons saisi le taureau céleste,
nous avons atteint Humbaba, l'habitant de la forêt de cèdres,
15 maintenant quel est ce songe (?) qui a pris ...
tu ne respectas pas, tu n'écoutas pas ....
et lui ne porta pas ....
il toucha son cœur, il ne battait plus, ...
il déchira ; mon ami, comme une épouse, ...
20 comme un lion, lui dit ....
comme une lionne, [...] ... message ......
.... je tournai au devant ....
il regarde et eux regardent..................
avec le *lillu* et [...] est pris [...]
25 Aux premières lueurs de l'aube, ...
Gilgamesh ....
Enkidu ....
et ....
qui ....
30 et ....
....
le fort ....

le puissant ....
....
40 .... que ....
.... eux et la nuit (?) ......
.... le juge des Anunnaki
Gilgamesh, ayant entendu cela,
se ressouvint en son cœur, de l'homme (?) du fleuve.
45 Aux premières lueurs de l'aube, Gilgamesh ......
il sortit un plateau en bois d'Elam et ....
un lit de pierre *sandu*, ...
un lit de pierre *uknu* ....
....
50 ....

[Tab. X.]
[Col. VII.]

« ....
Ne ...... pas ....
25 je suis en colère ....
Depuis que nous construisons des maisons et que nous scellons…
depuis que les frères se querellent, ...
depuis que l'inimitié existe entre ....
depuis que le fleuve roule ses eaux [4], ...
30 que les oiseaux *kulili* et *kirippâ* ....
regardent le soleil en face ....
depuis ce jour, il n'y a pas ....
[…] et la mort (vont) comme de pair, ...
de la mort il n'a pas gardé ....
35 depuis que l'homme malade et l'homme sain (?) prient ....
Les Anunnaki, les grand dieux, ...
Mammit, qui crée le destin, fixent le sort avec eux,

règlent la mort et la vie,
et ne révèlent pas le jour de la mort. »
40 Gilgamesh, s'adressant à Uta-Napishtim, lui dit :
....
Dixième tablette : celui qui a vu l'abîme. Histoire (?) de Gilgamesh.
....
45 Propriété d'Assurbanipal,
roi des légions, roi du pays d'Assur.

[Tab. XI.]
[Col. I.]

10 .... gazelle (?),
.... toi,
.... il t élève,
.... qu'il envoie [...]
15 .... le bois de cèdres,
.... jour et nuit,
.... vaste d'Uruk supuri,
.... il approche derrière nous
...........................du blé des montagnes,
20 .... je mourrai,
.... milieu (?) comme ta mère,
.... le cèdre,
.... avec notre force,
.... le chacal (?)
25 ....de la plaine,
.... à son côté,
....
....
.... Uruk supuri
30 ....

40 ....
45 .... bien travaillé,
..................................du pays d'Assur.

---

1. Mot à mot : « la terreur. »
2. Mot à mot : « a le corps fait de la chair des dieux. »
3. Mot à mot : « a rempli, comblé nos chairs ».
4. Mot à mot : « emporte sa plénitude ».

LE DÉLUGE ; APOTHÉOSE DE UTA-NAPISHTIM ; GUÉRISON DE GILGAMESH ; L'ARBRE DE VIE ; LE PARADIS PERDU ; LE RETOUR.

C'est pour obtenir sa guérison et échapper à cette dure fatalité de la mort que Gilgamesh avait entrepris un aussi long voyage. Il était venu vers Uta-Napishtim dans l'espoir de surprendre le secret de vie, car, il le possédait sans doute, lui qui jouissait du privilège d'immortalité... Mais comment arracher au vieillard son secret ?

Une première fois, déjà, comme Gilgamesh l'interrogeait, Uta-Napishtim s'était dérobé à la question par une réponse évasive. Le héros, cependant, sans se déconcerter, revint à la charge. Seulement, cette fois, il usa d'un détour et ménagea avec art sa requête. Il savait la coquetterie que mettent les vieillards à paraître jeunes, et le secret plaisir qu'ils éprouvent à s'entendre dire qu'ils ont gardé, malgré les ans, leur verdeur d'autrefois. Gilgamesh fit donc compliment à Uta-Napishtim de sa bonne mine, et s'extasia sur ce qu'il paraissait tout rajeuni, insinuant par là, qu'il voudrait bien connaître, lui aussi, cette eau de Jouvence, où se ravivait sa vigueur. C'était, en même temps qu'un moyen de s'attirer les bonnes grâces du vieillard, une manière adroite de revenir sur sa demande : « À te regarder de près, Uta-Napishtim, je ne te trouve point vieilli, tu parais aussi jeune que moi. Non, en vérité, tu n'es point vieilli, tu es aussi jeune que moi. Resplendissant de santé comme tu es, tu pourrais encore, ma foi, affronter la bataille... Mais dis-moi, comment as-tu mérité de siéger dans l'assemblée des dieux, de prendre place parmi les immortels ? Voyons, confie-moi ce secret...[1] »

Gilgamesh avait trouvé le côté faible de Uta-Napishtim. L'aïeul, doucement flatté par les paroles câlines de son petit-fils, ne sut plus résister : « Oui, Gilgamesh, dit-il, je vais te découvrir le mystère et te révéler le secret des dieux[2]. » Alors, avec cette humeur conteuse des vieillards, il prit les choses par le commencement et exposa tout au long son histoire, une terrible aventure, dont il avait été le héros, d'où il n'était revenu sauf que par miracle, et qui lui avait valu l'immortalité.

« Ceci se passait à Surippak, tu sais, cette ville assise, là-bas, au bord de l'Euphrate. Oh ! elle était déjà bien ancienne cette ville, lorsque les dieux qui l'habitaient, les grands dieux, conçurent le dessein de faire le déluge. Or donc, ils se réunirent et tinrent conseil. L'aspect était vraiment imposant de cette assemblée de dieux, que présidait Anu, leur père commun, où siégeaient le guerrier Bel, leur conseiller ordinaire, Ninurta et Nergal, fidèles exécuteurs de leurs volontés. Parmi eux se trouvait aussi Éa, le dieu de la sagesse. Ce fut lui qui, en cette circonstance, se fit le héraut des dieux et publia leur décision : « Argile, argile, s'écria-t-il, amas de poussière, amas de poussière ! Argile, écoute ; amas de poussière, entends ! Homme de Surippak, fils de Ubara-Marduk, construis en hâte un vaisseau, quitte là tes biens, écarte tout ce qui t'est étranger, pour ne t'occuper que de toi-même et sauver ta vie. Aie soin, cependant, d'embarquer avec toi les différentes espèces d'êtres animés. Quant au vaisseau, construis-le suivant des proportions réglées, de telle sorte que la longueur en soit égale à la largeur. Dès qu'il sera achevé, tu le mettras à flot.[3]

« J'avais tout compris d'un mot. À travers ces paroles, je devinai qu'il se tramait, là-haut, parmi les dieux, quelque complot contre les hommes. Je dis lors à Éa, mon seigneur : « Mon dieu et maître, en toi, tu le sais, j'ai mis ma confiance, je ferai ainsi que tu l'ordonnes. Mais ces préparatifs attireront, sans doute, l'attention des habitants de Surippak. Me voyant occupé à une telle besogne, tous, le peuple et les anciens, viendront, en curieux, me demander à quelle fin je destine ce bâtiment. Que dois-je leur répondre ?[4]

« Le dieu Éa dit à son serviteur : « Tu leur répondras ceci : Le dieu Bel ne m'est point propice, il me traite en ennemi. C'est pourquoi, je ne veux point séjourner plus longtemps dans votre ville, ni poser ma tête sur une terre vouée au dieu Bel. Je vais plutôt descendre vers la mer, établir ma demeure auprès d'Éa, mon seigneur. Donne-leur cependant de tels avertissements : Voici qu'il se prépare contre vous un déluge, qui détruira tout sur la face de la terre, impitoyablement, les hommes, les oiseaux, les bêtes jusques aux poissons. Vous reconnaîtrez que le déluge est proche à ce signe, fixé par Samas lui-même : Dans la nuit qui précédera un tel désastre, Celui qui assemble les nuages fera tomber sur vous une pluie d'orage. Donc, veillez, prenez bien vos précautions, tandis qu'il est encore temps...[5]

« Le lendemain, dès que le jour parut, je m'empressai d'accomplir les ordres d'Éa, mon seigneur. Tout d'abord, je prévins de ce qui allait arriver, les habitants de Surippak. Mais ils m'écoutèrent d'une oreille distraite, et ne tinrent aucun compte de mes salutaires avertissements.[6] Puis, je me mis à l'œuvre. Ayant réuni sous ma main tous les matériaux nécessaires, je travaillai sans relâche, si bien, qu'en moins de cinq jours, je vis se dresser la charpente de mon navire. La hauteur des parois de la coque était de dix *gar*, les dimensions du toit mesuraient pareillement dix *gar*. Je prenais garde, en effet, de ne point m'écarter du plan tracé par le dieu Éa, et je me souvenais de sa parole : « Construis le vaisseau suivant des proportions réglées, de telle sorte que la longueur soit égale à la largeur.

« Une fois que j'eus ainsi disposé la charpente, j'en reliai les parties entre elles. Dans le vaisseau, je ménageai six étages, qui comprenaient chacun sept chambres séparées. Au milieu, je disposai un lit de roseaux épineux, que je fis fouler avec soin. Je passai en revue les avirons et les mis en état. Enfin, j'enduisis les parois, en répandant, à l'extérieur, six sares de bitume et trois sares de naphte, à l'intérieur[7].

« Le vaisseau une fois équipé, pour couronner l'œuvre, j'organisai une fête. Rien n'y manquait. Les hommes-canéphores me livrèrent, pour la circonstance, jusqu'à trois sares d'huile. Or, là-dessus, j'en prélevai un seulement pour servir au sacrifice, et je mis les deux autres à la disposition du pilote. Tous les jours, on égorgeait des bœufs et des moutons. Grande était la joie parmi mes hommes. Ils faisaient couler à longs flots le moût, l'huile et le vin. Ils en usaient comme de l'eau du fleuve. Une vraie fête de nouvel an... Pour moi, ayant achevé mon œuvre et mené à bonne fin une aussi difficile entreprise, je trempai mes mains, en guise de purification, dans l'huile sainte[8].

« La fête terminée, je fis mes derniers préparatifs. Après avoir, pour plus de précaution, garni de fascines, le haut et le bas du vaisseau, je procédai au chargement. Je le remplis de tout ce que je possédais, j'y entassai tout ce que j'avais en fait d'argent et d'or ; j'eus soin aussi, pour me conformer aux ordres d'Éa, mon seigneur, d'embarquer avec moi les différentes espèces d'êtres animés. Je fis monter en outre dans le vaisseau toute ma maisonnée, ma famille et mes gens ; bêtes et hommes, je fis tout monter.[9]

« Puis, je me tins prêt à partir, n'attendant plus que le signal fixé par Samas lui-même. Elles retentissaient encore à mes oreilles, les paroles d'Éa, mon seigneur : « Dans la nuit qui précédera le déluge, Celui qui assemble les nuages, fera tomber une pluie d'orage. Alors, entre dans le vaisseau et fermes-en la porte derrière toi.[10] »

« Le signal annoncé ne tarda pas à paraître. Dans la nuit, en effet. Celui qui assemble les nuages fit tomber une pluie d'orage, d'où je compris que le déluge était proche. C'est pourquoi, dès la pointe du jour, saisi de frayeur, vite, j'entrai dans le vaisseau et en fermai la porte derrière moi. La porte une fois bien verrouillée, je commis aux soins du pilote, Puzur-Bel, le navire avec tout ce qu'il renfermait.[11]

« Or, voici qu'aux premières lueurs de l'aube, je vis de gros nuages noirs émerger peu à peu au-dessus de l'horizon, et s'avancer vers le haut du ciel, majestueusement. On eût dit d'une procession triomphale se déroulant dans les airs... Du sein de la nue, Ramman brandissait le tonnerre. Nabu et Marduk ouvraient la marche. À leur suite, allaient les dieux justiciers courant par monts et par vaux, à grandes enjambées, à la façon des géants : Nergal arrachant, brisant tout ce qui lui faisait obstacle, Ninurta soulevant et faisant voler en tourbillon tout ce qui se rencontrait sur son passage. Bientôt les émissaires de Ramman, étant montés au ciel, chassèrent la lumière et répandirent les ténèbres sur la face de la terre.[12]

« Dès le premier jour, l'ouragan sévit avec une extrême violence. Ce fut comme une terrible mêlée, aussitôt suivie d'une débandade effroyable. On eût dit d'une gigantesque bataille, où l'armée des vents ennemis se ruait, d'une ardeur insensée, sur l'humanité en déroute. Dans cette course folle, le frère ne reconnaissait plus son frère. Tous les hommes étaient emportés pêle-mêle par le noir tourbillon. Bientôt, du ciel on ne distingua plus la terre. Alors, les dieux eux-mêmes prirent peur... Craignant d'être atteints par les vagues montantes jusque dans leurs retraites inaccessibles, ils se réfugièrent dans les hauteurs du ciel, demeure d'Ami. Ils se tinrent là tremblants, accroupis, comme des chiens à l'attache dans un chenil.[13]

« À la vue du déluge immense, Ishtar se mit à geindre comme une femme en couche. Elle s'écria dans sa douleur, la reine des dieux, la bonne déesse : « Voici que l'humanité est retournée en poussière, par ma faute, car c'est moi qui ai médit de mon peuple dans l'assemblée des dieux ; oui, par ma faute, car c'est moi encore qui ai déclaré cette guerre de destruction. Hélas ! hélas ! où sont-ils ceux que j'ai enfantés ? Comme du menu fretin, ils remplissent la vaste mer[14]. »

« Les dieux, voire même les Anunnaki, se lamentèrent avec elle sur le sort de la pauvre humanité. Maintenant, ils se repentaient d'avoir fait le déluge. Ils étaient tous là immobiles, versant des larmes et se couvrant les lèvres en signe de deuil.[15]

« Durant six jours et six nuits, le vent ne cessa de souffler, la tempête redoubla de violence... Cependant, aux approches du septième jour, le vent se ralentit, la tempête parut s'apaiser. Il touchait à sa fin, ce combat fatal, qu'avait livré aux hommes l'ouragan en furie. Peu à peu la mer se calma... Maintenant, le vent était tombé, le déluge avait cessé.[16]

Alors, je pus contempler la mer. À sa vue, un cri s'échappa de ma poitrine oppressée... Voici que l'humanité était retournée en poussière, et que, devant moi, s'étendait la plaine liquide semblable à un plateau désert !... Maintenant, j'avais ouvert la lucarne du navire et le jour venait frapper en plein mon visage. Atterré, d'abord, par un aussi affligeant spectacle, je m'affaissai sur un siège et me pris à pleurer. Puis, étant un peu remis de ma première émotion, je parcourus l'horizon du regard... De toutes parts, la mer était ouverte ; seulement, dans le lointain, une terre, formant une sorte d'îlot isolé, émergeait de douze coudées au-dessus des flots.[17]

« C'est là que vint échouer le vaisseau, au pays de Nizir. Comme il s'était engagé dans la montagne, il s'y enlisa. Six jours se passèrent ainsi... Aux approches du septième jour, je lâchai d'abord une colombe : la colombe s'envola puis revint, car elle n'avait pas trouvé de place où se poser. Ensuite, je lâchai une hirondelle : l'hirondelle aussi s'envola puis revint, car elle non plus n'avait pas trouvé de place où se poser. Enfin, je lâchai un corbeau : le corbeau s'envola et, ayant trouvé des eaux stagnantes, il s'en approcha, pataugea dans la boue et ne revint pas.[18]

« Alors, je procédai au débarquement. Je dispersai aux quatre vents du ciel, toutes les espèces d'êtres animés renfermées dans l'arche. Puis, reconnaissant envers les dieux qui m'avaient sauvé la vie, j'offris un sacrifice sur le sommet même de la montagne. J'avais disposé avec ordre et en nombre des vases propitiatoires, au-dessous desquels, je versai en abondance des grains de cannelle, de résine et des siliques. La fumée de mon holocauste monta droit jusqu'au ciel. Ce sacrifice fut pour les dieux un sacrifice d'agréable odeur. Je les vis, en effet, se ramasser en grappe, comme un essaim de mouches, au-dessus de l'autel et les narines dilatées, aspirer délicieusement ce parfum suave... Au moment où s'avança la grande déesse, revêtue de magnifiques ornements, chef-d'œuvre d'Anu, reflet de sa splendeur, — Oh ! non, ces dieux, pas plus que mon collier, je ne saurais les oublier ! Non, ce jour où je fus initié à la sagesse ne sortira jamais de ma mémoire ! — je dis à voix haute : « Oui, que les dieux accourent en foule à mon sacrifice, qu'ils y viennent tous, à l'exception de Bel, celui qui fit inconsidérément le déluge et voua mon peuple à la perdition[19]. »

« Tous les dieux répondirent à mon appel. Parmi eux se trouvait aussi Bel, le guerrier... Dès qu'il aperçut le vaisseau, il entra dans une grande colère, digne des Igigi eux-mêmes : « Quel est celui d'entre les dieux, s'écria-t-il, qui a osé enfreindre mes ordres ? Qui donc s'est mêlé de conserver la vie sur la terre ? Qu'aucun homme ne survive à ce désastre ![20] »

« Ninurta, le premier, prit la parole et dit à Bel, le guerrier : « Qui donc a pu faire la chose, si ce n'est Éa ! Éa ne connaît-il pas tous les artifices ?[21] »

« Éa, se trouvant mis en cause, prit la parole à son tour. Tout d'abord, il adressa de vives objurgations au dieu Bel, sur ce qu'il avait fait le déluge, sans y avoir mûrement réfléchi, puis il nia la vérité du fait allégué par Ninurta contre lui : « Toi, s'écria-t-il, le chef des dieux, le puissant guerrier, pourquoi fis-tu le déluge inconsidérément ? Pourquoi envelopper ainsi dans une même ruine les bons et les méchants ? Est-il juste d'imputer la faute à qui ne l'a pas commise ? Que le pécheur expie lui-même son péché ! Que le coupable subisse tout seul le châtiment qu'il mérite ! Même envers le pécheur et le coupable, use d'indulgence et de longanimité ; ne le fais point périr ! Surtout ne fais pas de nouveau déluge ! Plutôt que de faire un nouveau déluge, que les lions et les léopards fassent irruption et diminuent la race nombreuse des hommes, que la famine et Nergal lui-même surviennent et ravagent la contrée !... Quant au décret des grands dieux, ce n'est pas moi qui l'ai révélé. J'envoyai seulement à Atrahasis un songe, par où il devina, de lui-même, ce qui se tramait parmi les dieux contre les hommes[22]. »

« Éa avait parlé avec adresse. Le dieu Bel, frappé par la vérité de ce raisonnement, rentra en lui-même. Un instant, il parut réfléchir, puis, prenant une résolution subite, il me saisit par la main et me fît monter avec ma femme sur le vaisseau. Alors, ayant ordonné à celle-ci de se tenir inclinée à côté de moi, il nous toucha tous deux au front, et, s'étant placé entre nous, il nous bénit, disant : « Auparavant, Uta-Napishtim était un homme, désormais, Uta-Napishtim et sa femme seront des dieux comme nous. Et ils demeureront au loin, à la bouche des fleuves. » Sur ce, Bel, le guerrier, nous emmena et lui-même nous établit au loin, à la bouche des fleuves.[23] »

Gilgamesh avait écouté avidement, sans mot dire, cette merveilleuse histoire... Le récit du déluge une fois terminé, Uta-Napishtim continua : « Et maintenant, lequel d'entre les dieux te rendra toi aussi, Gilgamesh, resplendissant de santé. Si tu veux obtenir, avec ta guérison, le don d'immortalité, ne t'embarque pas aussitôt, attends seulement... [24] »

« Alors Gilgamesh, comme un voyageur harassé de fatigue après une longue course, succomba à un profond sommeil, qui le coucha à terre, à la façon d'un vent violent, durant six jours et sept nuits [25].

« Or, tandis qu'il dormait, Uta-Napishtim dit à sa femme : « Ce héros, vois-tu, est parti en quête du secret de la vie, et voilà que, au terme de son voyage, le sommeil l'a dompté et couché à terre, à la façon d'un vent violent. » Et sa femme de lui répondre : « Touche-le et fais-lui goûter l'aliment mystérieux, après quoi, il reprendra le chemin par où il est venu, et, dépassant la grande porte, s'en retournera dans son pays. » — « Tu souffres, je le vois bien, reprit Uta-Napishtim, de la souffrance de l'humanité. Or donc, apprête toi-même l'aliment mystérieux et pose-le sur sa tête pour qu'il l'emporte et s'en rassasie[26]. »

« Au jour où Gilgamesh monta sur le vaisseau, elle apprêta, en effet, le mystérieux aliment et le posa sur sa tête. Elle avait apporté à sa préparation un soin extrême... Après l'avoir successivement mélangé, travaillé, détrempé, elle le servit à point sur un vase, au préalable nettoyé, et tout reluisant. Alors, Uta-Napishtim, d'un geste brusque, toucha le héros et celui-ci goûta de ce mets... Cet aliment mystérieux préparé par la femme de Uta-Napishtim à l'usage de Gilgamesh, fait rêver involontairement de je ne sais quelles opérations magiques accompagnées d'étranges formules d'incantation. On croirait assister aux apprêts d'un repas, par une sorcière, sur une terre fantastique, vaguement éclairée d'un jour lunaire, où viendraient se mêler, parmi les bruits de vaisselle remuée, les signes cabalistiques et les paroles sacramentelles... Au cours du repas, Gilgamesh devisait avec Uta-Napishtim, l'Éloigné. Comme il se réveillait à peine, il croyait continuer un rêve. Il essayait de renouer le fil de ses souvenirs : « Voyons, à mon arrivée, le sommeil m'a surpris... Puis, tu m'as touché, tu m'as frappé. » Sur quoi, Uta-Napishtim, tout en l'exhortant à prendre encore de la nourriture, lui raconta point par point la préparation du mystérieux aliment et le mit au courant de tout ce qui s'était passé[27].

« Gilgamesh, cependant, se préoccupait de son retour. Comment ferait-il pour s'en aller ? Il ne fallait pas encore songer à partir, car son mal, loin de guérir, ne faisait qu'empirer. Pour combien de temps était-il retenu sur ces rivages ? Lui serait-il donné seulement de les quitter un jour ? « Comment sortirai-je d'ici, Uta-Napishtim ? La maladie s'est emparée de tous mes membres, et la mort, l'horrible mort est là debout devant mon lit à me guetter. Oh ! ce lieu que j'habite est un lieu mortel ![28] »

« Uta-Napishtim prit le héros en pitié, et, s'adressant au pilote : « Amel-Éa, dit-il, la traversée a été funeste à Gilgamesh. Voici qu'il se traîne languissamment celui que tu as conduit, le corps couvert de pustules, les chairs rongées par la lèpre. Prends-le, Amel-Éa, mène-le au bain. Tout d'abord, qu'il lave lui-même sa plaie, jusqu'à la rendre brillante comme du métal, qu'il se défasse de sa lèpre et livre aux flots cette dépouille. Puis, qu'il ait soin d'entourer sa tête d'un bandeau neuf. Quant au voile qui recouvre sa nudité, qu'il ne le renouvelle point avant d'arriver à Uruk. Là seulement, il lui sera loisible de mettre un voile tout neuf. » Ce dont Amel-Éa s'acquitta avec un soin scrupuleux. Gilgamesh d'ailleurs s'y prêta sans se faire prier et accomplit point par point les indications de Uta-Napishtim[29].

La purification une fois terminée, Gilgamesh monta sur le vaisseau à côté d'Amel-Éa, et tous deux, de concert, mirent le bac à flot. Ils étaient prêts à partir, lorsque sa femme dit à Uta-Napishtim, l'Éloigné : « Voici que Gilgamesh, à la suite d'un long voyage, durant sa halte, a été grièvement malade. Voyons, le laisseras-tu s'en retourner ainsi dans son pays sans lui avoir rien donné ? » Gilgamesh, entendant cela, vite avait saisi l'aviron et poussé son bac vers la rive... Uta-Napishtim prit la parole à son tour et dit au héros : « Gilgamesh, à la suite d'un long voyage, durant ta halte, tu as été grièvement malade. Allons, avant que tu retournes dans ton pays, que te faut-il ? Tiens, Gilgamesh, je vais te découvrir le mystère et te révéler le décret des dieux. Cette plante, vois-tu, qui ressemble à l'épine et dont la baie a une forme pareille à la tête de la vipère, elle procure la vie à qui la possède[30]. »

Gilgamesh, ne se contenant pas de joie, fit part aussitôt de son secret à son compagnon de voyage : « Cette plante, vois-tu, Amel-Éa, est la plante fameuse qui entretient la vie. Je vais l'emporter soigneusement à Uruk et y faire participer les miens. Elle a nom : Le rajeunissement du vieillard. J'en mangerai moi aussi, afin de revenir aux jours de ma jeunesse.[31] »

Là-dessus, Amel-Éa et Gilgamesh partirent. Après une première étape de quarante heures, ils firent halte un moment, puis, s'étant remis en route, après une nouvelle étape de vingt heures, ils répandirent une libation. C'était aux abords du puits aux eaux jaillissantes... Gilgamesh était dans le puits occupé à verser de l'eau, lorsque tout à coup, surgit un serpent, qui, d'un élan rapide, se jeta sur la plante de vie et remporta précipitamment, non sans proférer, en s'enfuyant, une malédiction. Accablé par ce coup imprévu, Gilgamesh s'affaissa sur lui-même, versant d'abondantes larmes et laissant échapper de telles plaintes : « Amel-Éa, les mains me tombent de fatigue, le sang a reflué de mon cœur. Hélas ! que ne me suis-je assuré ce grand bienfait de la vie, au lieu de me laisser supplanter par le serpent ! Voici que, après une étape de quarante heures, au moment où j'ouvrais le vase pour en verser le contenu, il m'a ravi mon bien à l'improviste, et s'est approprié, à mon détriment, cette plante salutaire ! Que du moins la mer ne déchaîne point ses flots irrités contre moi, que je puisse m'en retourner sain et sauf ![32] »

Tandis qu'il se lamentait ainsi, le bateau avait touché au rivage. Gilgamesh et Amel-Éa ayant débarqué repartirent aussitôt après une première étape de quarante heures, ils firent halte un moment, puis, s1 étant remis en route, après une nouvelle étape de vingt heures, ils répandirent encore une libation. Maintenant ils étaient arrivés à Uruk.[33]

À peine rentré dans sa demeure, Gilgamesh ordonna à Amel-Éa, le pilote, de monter sur le rempart d'Uruk et d'examiner à loisir le cylindre de fondation, sans doute, afin de le réviser, peut-être aussi, afin d'en ajouter un nouveau, relatant leur lointaine expédition aux terres inconnues.[34]

Voici maintenant notre traduction littérale.

---

1. Tab. XI, l. 1-7.
2. Tab. XI, l. 8-10.
3. Tab. XI, l. 11-31.
4. Tab. XI, l. 32-35.
5. Tab. XI, I. 36-47.
6. Ceci, quoique ne se trouvant pas sur le texte, mutilé à cet endroit, se laisse facilement suppléer et est exigé pour la suite naturelle du récit.
7. Tab. XI, l. 56-67.
8. Tab. XI, l. 68-78.
9. Tab. XI, l. 79-86.
10. Tab. XI, l. 87-89.
11. Tab. XI, l. 90-96.
12. Tab. XI, l. 97-108.
13. Tab, XI, l. 109-116.
14. Tab.XI, l. 117-124.
15. Tab. XI, l.125-127.
16. Tab.XI, l. 128-132.
17. Tab. XI, l. 133-140.
18. Tab. XI, l. 141-155.
19. Tab. XI, l. 156-170.
20. Tab. XI, l. 171-175.
21. Tab. XI, l. 176-179.
22. Tab. XI, l. 180-196 .
23. Tab. XI, l. 197-205.
24. Tab. XI, l. 206-208.
25. Tab. XI, l. 208-210.
26. Tab. XI, 211-220.
27. Tab. XI, l. 221-242.
28. Tab. XI, l. 243-247.
29. Tab. XI, l. 248-271.
30. Tab, XI, l. 272-286. — Les l. 287-293 sont incomplètes sur l'original. Ces lacunes empêchent de savoir exactement le rapport de leur contenu avec ce qui précède et ce qui suit.
31. Tab XI, l. 294-299.
32. Tab. XI, l.300-316.
33. Tab.XI, l.317-320.
34. Tab. XI, l. 321-323. — Les l. 324-328 qui terminent la onzième tablette sont très obscures.

TRADUCTION DES TABLETTES

LE DÉLUGE ; APOTHÉOSE DE UTA-NAPISHTIM ; GUÉRISON DE GILGAMESH ; L'ARBRE DE VIE ; LE PARADIS PERDU ; LE RETOUR

Gilgamesh, s'adressant à Uta-Napishtim, l'Eloigné, lui dit :
« À te regarder de près, Uta-Napishtim,
ton aspect n'est point changé, tu es pareil à moi ;
non, tu n'es point changé, tu es en tout pareil à moi.
5 Tu aurais encore assez de vigueur d'âme pour affronter la bataille,
à en juger par ta mine resplendissante.
.... comment sièges-tu dans rassemblée des dieux, et as-tu obtenu l'immortalité ? »
Uta-Napishtim, s'adressant à Gilgamesh, lui dit :
« Je vais, Gilgamesh, te découvrir le mystère,
10 et te révéler le décret des dieux.
La ville de Surippak, tu sais, cette ville

assise sur le bord de l'Euphrate,
était déjà ancienne, lorsque les dieux qui l'habitaient,
les grands dieux, conçurent le dessein de faire le déluge.
15 Là se trouvaient assemblés, leur père, Anu,
leur conseiller, le guerrier Bel,
leur ministre, Ninurta,
leur exécuteur, Nergal[1].
le dieu de la sagesse[2], Éa, délibérait aussi avec eux ;
20 ce fut lui qui annonça leur résolution à l'argile :
« Argile, argile ; amas de poussière, amas de poussière !
Argile, écoute ; amas de poussière, entends !
Homme de Surippak, fils de Ubara-Marduk,
fais un bâtiment, construis un vaisseau.
25 Quitte là tes biens, conserve l'existence ;
écarte ce qui t'est étranger, sauve la vie.
Fais monter, dans l'intérieur du vaisseau, toutes les espèces d'êtres animés[3].
Le vaisseau que tu dois construire
aura une surface de dimensions déterminées :
30 sa largeur sera égale à sa longueur.
(Le vaisseau une fois achevé), mets-le à flot. »
Moi, j'avais compris ; je dis lors à Éa, mon seigneur :
«......... seigneur, comme tu l'ordonnes,
me confiant en toi, je ferai.
35 Mais que répondrai-je aux gens de la ville, au peuple et aux anciens ? »
Éa, ayant ouvert la bouche, parla
et me dit à moi, son serviteur :
« Voici ce que tu leur répondras :
Le dieu Bel m'a repoussé, il m'a rejeté ;
40 aussi, je ne veux point séjourner dans votre ville,
je ne veux point poser ma tête sur la terre de Bel.
Je vais descendre vers la mer, et demeurer auprès d'Éa, mon seigneur.

(Le dieu Bel) versera sur vous une pluie abondante,

……… il détruira les oiseaux, les bêtes, jusqu'aux poissons,

45……………………… la moisson,

Samas a fixé ce signe : Celui qui assemble les nuages,

durant la nuit, fera tomber sur vous une pluie d'orage. »

Aux premières lueurs de l'aube,

……………………… et ……………

50………………………………………

(Il manque ici quelques lignes).

55 l'éclat……………………………… la citadelle,

puissant, dans ……… j'apportai ce qui était nécessaire.

Le cinquième jour, je posai la charpente :

les parois de la coque (?) avaient une hauteur de dix *gar*,

les dimensions du toit étaient pareillement de dix *gar*.

60 Ayant disposé, d'après ce plan, la charpente, j'en reliai (les parties).

J'élevai six étages,

je divisai……………… en six sections,

je distribuai l'intérieur en sept compartiments.

Au milieu du vaisseau, je fis un lit pressé de roseaux épineux (?)

65 Ayant inspecté les avirons (?), j'ajoutai ce qui y manquait.

Je versai six sares de bitume à l'extérieur,

et trois sares de naphte à l'intérieur.

Les hommes-canéphores, ayant livré trois sares d'huile,

j'en réservai un pour le sacrifice,

70 et je fis don des deux autres au pilote.

……………………… j'égorgeai des bœufs,

j'immolai des……………… chaque jour.

Les vases de liqueur, d'huile et de vin,

les ouvriers (les épanchèrent) comme (ils auraient fait) de l'eau du fleuve.

75 (Je célébrai) une fête, comme au jour de l'*Akit*[4].

Samas ……………… je plongeai ma main dans les vases d'onction (?).

.... le vaisseau était achevé,

.... difficile.

Dans le corps de vaisseau, en haut et en bas, on plaça des fascines (?).

80 .... aux deux tiers.

Je le remplis de tout ce que je possédais,

j'amassai tout ce que j'avais d'argent,

je recueillis tout ce que j'avais d'or,

je réunis toutes les espèces d'êtres vivants.

85 Je fis monter dans le vaisseau, toute ma famille

et mes serviteurs ;

bêtes des champs, animaux des champs, ouvriers, je fis tout monter.

Hamas avait fixé ce signe :

Celui qui assemble les nuages, durant la nuit, fera tomber une pluie d'orage.

Alors, entre dans le vaisseau et ferme ta porte, »

90 Le signe fixé se manifesta :

Celui qui assemble les nuages, durant la nuit, fit tomber une pluie d'orage.

Dès que le jour commença à poindre,

sa seule vue m'inspira la frayeur,

vite, j'entrai dans le vaisseau et fermai ma porte.

95 La porte une fois bien verrouillée, aux soins de Puzur-Bel, le pilote,

je commis le bâtiment, avec ce qu'il contenait

Aux premières lueurs de l'aube,

du fond du ciel, s'éleva un noir nuage,

au sein duquel tonnait Ramman.

100 Nabu et Marduk ouvraient la marche.

Les dieux justiciers allaient par monts et par vaux :

Nergal[5] arrachant [......] »

Ninurta chassant tout devant lui.

Les Anunnaki, portant des flambeaux,

105 éclairaient le pays de leurs feux.

Les émissaires (?) de Ramman montèrent aux cieux.

ils changèrent la lumière en ténèbres,

……… la contrée comme ……… ils couvrirent.

Dès le premier jour, l'ouragan ………………

110 souffla violemment sur (?)……. la montagne.

comme une armée rangée en bataille, fondit sur les hommes

………………………

Le frère ne vit plus son frère,

du ciel, on ne distingua plus les hommes.

Les dieux, eux-mêmes, pris de peur à la vue du déluge,

115 s'enfuirent et gagnèrent les hauteurs du ciel, demeure d'Anu.

Les dieux, comme des chiens à l'attache, étaient accroupis dans leur chenil.

Ishtar se mit à geindre, comme une femme en couches,

elle dit tout haut, la reine des dieux, la bonne déesse, de telles paroles :

« L'humanité est retournée en poussière,

120 parce que j'ai médit d'elle dans l'assemblée des dieux,

parce que, ayant ainsi médit d'elle dans l'assemblée des dieux,

j'ai ordonné ensuite le combat, pour faire périr mon peuple.

Ceux que j'ai enfantés, hélas ! où sont-ils ?

Comme du fretin j'en ai rempli la mer. »

125 Les dieux, voire même les Annunnaki, pleurèrent avec elle.

Les dieux restèrent en place, versant des larmes,

et couvrant leurs lèvres, ……… l'avenir.

Durant six jours et six nuits,

le vent souffla, le déluge et l'ouragan firent rage.

130 Mais, aux approches du septième jour, l'ouragan et le déluge cessèrent le combat,

qu'ils avaient combattu, pareils à une armée.

La mer se calma, le vent s'apaisa, le déluge s'arrêta.

Ayant contemplé la mer, je ne pus retenir un cri,

car voici que toute l'humanité était retournée en poussière,

135 et que (devant moi s'étendait) la plaine liquide, semblable à un plateau désert !

J'ouvris alors la lucarne et le jour vint frapper mon visage.[6]

Je m'affaissai et m'assis en pleurant,

les larmes coulèrent sur mes joues.

Je parcourus du regard l'horizon : la mer était ouverte,

140 une terre seulement émergeait de douze (coudées).

Le vaisseau échoua enfin au pays de Nizir.

La montagne du pays de Nizir arrêta le navire et l'empêcha de se remettre à flot.

Le premier, le second jour, la montagne de Nizir, etc. ;

le troisième, le quatrième jour, la montagne de Nizir, etc.

145 le cinquième, le sixième jour, la montagne de Nizir, etc.

Aux approches du septième jour,

d'abord, je fis sortir une colombe, je la lâchai : la colombe alla puis revint ;

n'ayant pas trouvé de place où se poser, elle s'en était retournée.

150 Ensuite, je fis sortir une hirondelle, je la lâchai :

l'hirondelle alla puis revint ;

n'ayant pas trouvé de place où se poser, elle s'en était retournée.

Enfin, je fis sortir un corbeau, je le lâchai :

le corbeau alla et ayant vu les eaux stagnantes,

155 il s'approcha, pataugea et partit pour ne plus revenir.

Ayant fait sortir aussi (tout le reste), aux quatre vents (du ciel), j'offris un sacrifice,

je fis une libation, sur le sommet delà montagne,

je rangeai sept et sept vases *adaguru*,

au-dessous desquels, je versai (des grains) de cannelle, de résine et des siliques.

160 Les dieux respirèrent cette odeur,

les dieux respirèrent cette odeur suave,

les dieux, comme des mouches, s'amassèrent au-dessus du sacrificateur.

Lorsque s'avança la grande déesse,

portant les grandes *elute*, chef-d'œuvre d'Anu, resplendissantes comme lui,

165 — Ces dieux, pas plus que l'ornement de mon cou, je ne les oublierai !

Ce jour-là où je fus initié à la sagesse, je ne l'oublierai jamais ! — (je dis) :

« Que les dieux accourent à mon sacrifice,

mais que Bel ne vienne pas à mon sacrifice,

car, inconsidérément, il a fait le déluge

170 et voué mon peuple à la destruction. »

Mais lorsque Bel arriva

et qu'il aperçut le vaisseau, il fut irrité Bel

et plein d'un courroux, digne des Igigi eux-mêmes :

« Qui donc, (dit-il), a conservé la vie ?

175 Qu'aucun homme ne survive à ce désastre ! »

Ninurta, ayant ouvert la bouche, parla

et dit au guerrier Bel :

« Qui donc, si ce n'est Éa, a pu faire la chose,

Éa, en effet, connaît tous les artifices. »

180 Éa, ayant ouvert la bouche, parla

et dit au guerrier Bel :

« Toi, ô chef des dieux, guerrier,

pourquoi, inconsidérément, as-tu fait le déluge ?

À l'auteur du péché, impute son péché ;

185 à l'auteur de la faute, impute sa faute.

Sois indulgent ; qu'il ne périsse pas ! Sois patient ; qu'il ne périsse pas !

Au lieu de faire le déluge,

que les lions fassent irruption et diminuent la race des hommes ;

au lieu de faire le déluge,

190 que les léopards fassent irruption et diminuent la race des hommes ;

au lieu de faire le déluge,

que la famine survienne et ravage la contrée ;

au lieu de faire le déluge,

que Nergal s'avance et ravage la contrée.

195 Moi je n'ai point révélé le décret des grands dieux,

j'ai envoyé seulement à Atrahasis, un songe, d'où il a deviné lui-même le décret des dieux. »

Alors, se prenant à réfléchir,

le dieu Bel monta dans le vaisseau ;

il me saisit par la main et me fit monter à mon tour ;

200 il fit monter aussi et s'incliner ma femme à mon côté.

Il nous toucha au front, et, se plaçant entre nous, il nous bénit (disant) :

« Auparavant, Uta-Napishtim était un homme,

désormais, Uta-Napishtim et sa femme seront des dieux comme nous.

Uta-Napishtim demeurera au loin à la bouche des fleuves. »

205 Alors, il nous emmena et nous établit au loin, à la bouche des fleuves.

Et maintenant, lequel d'entre les dieux te rendra, toi aussi, resplendissant (de santé) !

Veux-tu obtenir la vie que tu recherches ?

À cette fin, ne monte pas encore (sur le vaisseau). » Durant six jours et sept nuits,

comme sur quelqu'un qui fait halte au milieu de sa course,

210 sur lui fondit le sommeil (?), à la façon d'un vent violent.

Uta-Napishtim, s'adressant à sa femme, lui dit :

« Regarde le héros qui recherche la vie :

sur lui a fondu le sommeil (?), à la façon d'un vent violent. »

Sa femme s'adressant à Uta-Napishtim, l'Eloigné, lui dit :

215 « Touche-le et donne à manger à ce héros du *tâ*[7],

puis, qu'il s'en revienne guéri parle chemin qu'il a déjà parcouru,

qu'il passe par la grande porte et retourne dans son pays. »

Uta-Napishtim, s'adressant à sa femme, lui dit :

« Tu souffres de la souffrance de l'humanité.

220 Or donc, ayant apprêté la nourriture qui lui est destinée, pose-la sur sa tête. »

Et au jour où il monta sur le vaisseau,

ayant apprêté la nourriture qui lui était destinée, elle la posa sur sa tête.

Et au jour où il monta sur le vaisseau, ce jour-là même,

premièrement, son aliment fut mélangé (?),

225 deuxièmement, il fut travaillé (?), troisièmement, il fut détrempé,

quatrièmement, son vase (?) fut nettoyé (?),

cinquièmement, le vieux résidu (?) en fut rejeté,

sixièmement, l'aliment fut à point (?),

septièmement, (Uta-Napishtim) toucha inopinément le héros, et celui-ci mangea du *tâ*.

230 Gilgamesh, s'adressant à Uta-Napishtim, l'Eloigné, lui dit :

« Étant allé, sur moi a fondu le sommeil (?),

alors, inopinément, toi, tu m'as touché, tu m'as frappé. »

Uta-Napishtim, s'adressant à Gilgamesh, lui dit :

« ... Gilgamesh, prends ta part de nourriture,

235................ certes, je t'ai frappé, toi

premièrement, ton aliment a été mélangé (?),

deuxièmement, il a été travaillé (?), troisièmement, il a été détrempé,

quatrièmement, ton vase (?) a été nettoyé (?),

cinquièmement, le vieux résidu (?) en a été rejeté.

240 sixièmement, l'aliment a été à point (?),

septièmement, moi, je t'ai touché inopinément,

et toi, tu as mangé du *tâ*. »

Gilgamesh, s'adressant à Uta-Napishtim, l'Eloigné, lui dit :

« ...... ferai-je, Uta-Napishtim, comment m'en irai-je ?

245 L'*ikkim*[8] s'est emparé de mes .... ;

dans ma chambre à coucher est assise la mort,

et le lieu .... tu as fixé est un lieu mortel. »

Uta-Napishtim, s'adressant à Amel-Éa, le pilote, lui dit :

« Amel-Éa, ... la traversée t'a été funeste (?),

250 car, à son côté .... sa force (?) est privée.

Le héros que tu as conduit,

a le corps couvert de pustules (?),

la lèpre (?) a attaqué sa chair vive.

Prends-le, Amel-Éa, amène-le au bain.

255 Là, qu'il lave sa plaie (?) dans l'eau, jusqu'à la rendre brillante comme du métal ;

qu'il jette, en outre, sa lèpre (?), pour que la mer l'emporte ;

que son corps, enfin, resplendisse de santé.

Puis, qu'il entoure sa tête d'un bandeau (?) neuf.

Quant au voile (?), qui sert de vêtement à sa nudité,

260 jusqu'à ce qu'il soit arrivé dans sa ville (natale),

et qu'il ait été remis en son chemin,

qu'il ne dépouille pas le vieux voile (?) ; là, seulement, il remettra un voile neuf. »

Amel-Éa prit donc (le héros) et l'amena au bain.

Là, il lava sa plaie (?) dans l'eau, jusqu'à la rendre

brillante comme du métal ;

265 il jeta, en outre, sa lèpre (?), que la mer emporta ;

son corps, enfin, resplendit de santé.

Puis, il entoura sa tête d'un bandeau (?) neuf,

Quant au voile (?), qui servait de vêtement à sa nudité,

jusqu'à ce qu'il fût arrivé dans sa ville (natale),

270 et qu'il eût été remis en son chemin,

il ne dépouilla pas le vieux voile (?) ; là, seulement, il remit un voile neuf.

Gilgamesh et Amel-Éa montèrent sur le vaisseau,

ils mirent le bateau à flot, et eux montèrent.

Sa femme, s'adressant à Uta-Napishtim, l'Eloigné, lui dit :

275 « Gilgamesh est venu, il s'est reposé, il a été frappé.

Que lui donneras-tu, avant qu'il ne retourne dans son pays ?»

Cependant, lui, Gilgamesh prit l'aviron (?),

et poussa le bac vers le rivage.

Uta-Napishtim, s'adressant à Gilgamesh, lui dit :

280 « Gilgamesh, tu es venu, tu t'es reposé, tu as été frappé.
Que te donnerai-je, avant que tu ne retournes dans ton pays ?
Je vais, Gilgamesh, te découvrir le mystère,
et te révéler le décret des dieux.
Cette plante est comme l'épine avec ....
285 sa baie est pareille à la (tête) de la vipère, et ......
Si ta main s'empare de cette plante ...... »
Gilgamesh, ayant entendu cela,
ouvrit le vase, ...
il lia ensemble de grosses pierres, ...
290 il le traîna vers l'abîme, ...
lui, prit un animal, il saisit ....
il brisa de grosses pierres, ...
troisièmement, il le saisit à bras le corps (?),
Gilgamesh, s'adressant à Amel-Éa, le pilote, lui dit ...
295 « Amel-Éa, cette plante est la plante renommée, au cœur de laquelle l'homme trouve la vie.
Je veux l'emporter au milieu d'Uruk-supuri,
je veux en faire manger .... qu'il coupe la plante.
Elle a nom : Le vieillard est rajeuni.
Moi, j'en mangerai à mon tour, ainsi reviendrai-je aux jours de ma jeunesse. »
300 Ils fournirent d'abord une étape de quarante heures,
puis, au bout de soixante heures de marche, ils firent une libation.
Gilgamesh vit le puits aux eaux bouillonnantes (?).
Étant descendu au sein du puits, il répandait de l'eau,
lorsqu'un serpent sortit et lui ravit la plante ;
305 .... il s'élança et emporta la plante.
Tandis qu'il s'enfuyait, il jeta une malédiction.
Ce jour-là, Gilgamesh s'assit et pleura ;
les larmes coulèrent sur ses joues.
.... d'Amel-Éa, le pilote :
310 « Pourquoi, Amel-Éa, les mains me tombent-elles de fatigue ?
Pourquoi le sang fuit-il de mon cœur ?

Je ne me suis point fait de bien à moi-même ;
le serpent de la terre s'est fait du bien à lui-même !
Voici que, après une étape de quarante heures, pour lui tout seul il a emporté la plante,
315 tandis que j'ouvrais le vase et que j'en versais le contenu.
Que du moins la mer ne s'élève pas contre moi ………………
……………… que je puisse m'en retourner ! »
Or, il laissa le bateau sur le rivage.
Ils fournirent d'abord une étape de quarante heures, puis, au bout de soixante heures de marche, ils firent une libation.
320 Ils étaient enfin arrivés au milieu d'Uruk supuri.
Gilgamesh, s'adressant à Amel-Éa, le pilote, lui dit :
« Monte, Amel-Éa, sur le mur d'Uruk, allons ! va.
Examine le cylindre de fondation et prends la brique. La brique n'est pas moulée (?),
et ses fondements ne connaissent pas tes sept noms.
325 Un sare, ta cité, un sare, les jardins, un sare, le bois, étendue (?) du temple d'Ishtar.
Trois sares aussi l'étendue d'Uruk ………….
Au jour où *bûkku* dans le temple le *namyar* je laissai,
Au jour où *bûkku* dans le temple le *namyar* je laissai,
330 Onzième tablette : celui qui a vu l'abîme. Histoire (?) de Gilgamesh.
Copie certifiée conforme au texte ancien.
Propriété d'Assurbanipal, roi des légions, roi du pays d'Assur.

Ce morceau, relatif à la construction de l'arche, faisait partie d'une recension du déluge différente de celle que nous avons traduite, et, selon toute apparence, plus développée.

………………………………………
……… certes ………………………
……… comme la voûte (?)………………
…… je réglerai en haut et en bas ………

5 .... ferme ....

.... au signe que je t'enverrai,

.... entre et tourne la porte du vaisseau,

... au milieu, tes provisions, tes biens, ta fortune,

... ta ...., ta famille, tes serviteurs et les ouvriers,

10 les bêtes des champs, les animaux des champs, tous je les ferai venir,

je les enverrai et ils garderont ta porte. »

Atrahasis, ayant ouvert la bouche, parla

et dit à Éa, son seigneur :

« ... certes, je n'ai pas construit de vaisseau,

15 sur le sol, trace ....

.... que je voie le vaisseau ......

.... sur le sol je ferai ....

.... ainsi que tu m'ordonneras ......

.... »

---

1. *An-en-nu-gi* « le seigneur du pays (où l'on s'engage) sans retour, le dieu des enfers. »
2. *An-nin-igi-azag* « le seigneur des sources pures, le dieu de l'Océan et de la sagesse. »
3. Mot à mot : « la semence de toutes les vies. »
4. On appelait ainsi, à Babylone, la fête du nouvel an.
5. *Uni-ra-gal* « le grand ministre. »
6. Mot à mot : « le mur de ma face. »
7. Une sorte d'aliment magique.
8. Une sorte de démon.

COMPLAINTE FUNÈBRE SUR ENKIDU ; SON ÉVOCATION ; LES ENFERS

Rentré dans Uruk, après une aussi cruelle déception, Gilgamesh ne paraît pas avoir repris goût à la vie. Dans son isolement, plus vive lui revint la douleur qu'il avait ressentie de la perte de son ami, plus grande aussi sa frayeur devant cette perspective d'une mort désormais inévitable. Dans son esprit inquiet, interminablement, il roulait les mêmes pensées sombres, pleurant tour à tour sur Enkidu et sur lui-même, car, la pitié n'allait point en lui sans égoïsme, et le souvenir de son ami lui remettait sans cesse sous les yeux l'image de la mort. Plus de doute, il aurait lui aussi, Gilgamesh, le même sort déplorable qu'Enkidu. Mais quel était donc ce sort qui l'attendait ? quelle était au juste la condition des morts dans l'autre vie ? S'il pouvait savoir seulement... ! Ainsi, en cette âme primitive, aux sentiments mêlés de pitié et d'égoïsme, venait se joindre encore cet instinct de curiosité, qui poussa l'homme, dès les premiers jours, à s'enquérir anxieusement des choses de l'autre monde.

Nous le voyons d'abord, absorbé tout entier dans sa douleur, entonner un chant de deuil en l'honneur de son ami, — une triste mélopée, modulée sur un rythme grave, où sans cesse revient, parmi les souvenirs glorieux et familiers, avec la monotonie d'un refrain, le thème éternel de la mort : « Hélas ! Enkidu, nous ne te verrons plus te diriger vers le temple, revêtu de blancs vêtements, ni t'oindre de la graisse du taureau dont l'odeur exquise faisait courir après toi ! Nous ne te verrons plus tendre l'arc meurtrier contre tes ennemis, ni t'avancer majestueusement, le sceptre en main, car voici que t'enveloppent de toutes parts ceux que tu as frappés, et que les mânes te poursuivent de leurs malédictions ! Tu ne lieras plus à tes pieds des sandales, et tu n'adresseras plus de fière provocation à la terre ! Désormais, il ne te sera point donné d'embrasser la femme que tu aimes, ni de battre la femme que tu détestes ! Non, il ne te sera point donné d'embrasser le fils que tu aimes, ni de battre le fils que tu détestes ! Hélas, hélas ! la terre en rugissant s'est refermée sur toi ! Tu es devenu la proie de la sombre, de la noire mère, la déesse *Nin-a-zu*, la ténébreuse, d'aspect mystérieux et redoutable, avec son visage voilé et sa poitrine de taureau ![1] »

Gilgamesh, dans son affliction, cria sa plainte à tous les échos. Il courut de sanctuaire en sanctuaire s'adresser à tous ses dieux, espérant trouver auprès d'eux consolation et secours...

Prosterné aux pieds du dieu *Nin-gul*, il lui confia sa peine : « Autrefois, hélas ! il était loisible à Enkidu d'embrasser la femme qu'il aimait, et de battre la femme qu'il détestait ! Oui, il lui était loisible d'embrasser le fils qu'il aimait, et de battre le fils qu'il détestait ! Hélas, hélas ! la terre en rugissant s'est refermée sur lui ! Il est devenu la proie de la sombre, de la noire mère, la déesse *Nin-a-zu*, la ténébreuse, d'aspect redoutable, avec son visage voilé et sa poitrine de taureau ! Voici que maintenant Enkidu est descendu de la terre aux enfers... Il est mort d'une mort lamentable ! Ce n'est point le dieu Namtar qui l'a enlevé, ni un démon qui l'a emporté, la terre l'a pris ! Ce n'est point le ministre de Nergal impitoyable qui l'a ravi, la terre l'a pris ! Si, du moins, il avait été frappé avec les braves sur le champ de bataille, non, la terre l'a pris ! » Si émouvante était la prière de Gilgamesh que le dieu *Nin-gul* en fut touché, et versa des larmes sur Enkidu, son serviteur[2].

Sans doute, le dieu *Nin-gul* était impuissant à donner remède à sa peine, car, aussitôt après, nous voyons Gilgamesh se diriger tout seul vers le temple de Bel, et recommencer sa supplication : « Mon père, ô dieu Bel, me voici à tes pieds, brisé, anéanti par la douleur ! Enkidu est descendu de la terre aux enfers... Il est mort d'une mort lamentable ! Ce n'est point le dieu Namtar qui l'a enlevé, ni un démon qui l'a emporté, la terre l'a pris ! Ce n'est point le ministre de Nergal impitoyable qui l'a ravi, la terre l'a pris ! Si, du moins, il avait été frappé avec les braves sur le champ de bataille, non, la terre l'a pris ! » Sa supplication, hélas ! demeura encore une fois sans réponse.[3] Alors, affolé, Gilgamesh courut vers le dieu Sin, vers le dieu Éa. Ainsi que Bel, Sin et Éa se montrèrent insensibles à ses larmes[4].

Enfin, dans son désespoir, il s'adressa au dieu des enfers lui-même, au guerrier, au héros Nergal : « O toi, Nergal, s'écria-t-il, guerrier, héros, relâche le cercle qui maintient l'univers, de grâce, entrouvre la terre, afin que l'ombre d'Enkidu, s'élance, comme un souffle, hors du tombeau ! » Sa prière, cette fois, ne fut point vaine. En effet, le guerrier, le héros Nergal, ayant relâché le cercle qui maintient l'univers, la terre s'entrouvrit, et aussitôt, l'ombre d'Enkidu s'élança, comme un souffle, hors du tombeau...[5]

Ainsi, ils se retrouvaient en présence l'un de l'autre Gilgamesh et Enkidu, ou plutôt, la pâle image, l'ombre de ce qui fut Enkidu. Tout entier à ses préoccupations, le héros ne prit pas seulement le temps de manifester la joie qu'il éprouvait de revoir son ami, après une aussi longue séparation, et, allant droit au fait, sans autre préambule, il le supplia de lui révéler les mystères d'outre-tombe : « Dis-moi, mon ami, oh ! oui, mon ami, dis-le moi ; de grâce, entrouvre la terre sous mes yeux et raconte-moi ce que tu as vu là-bas aux enfers ! » Enkidu opposa d'abord quelque résistance : « Je ne te le dirai point, mon ami, non, je ne te le dirai point, car si j'entrouvrais la terre sous tes yeux et si je te racontais ce que j'ai vu là-bas aux enfers, que de pleurs, hélas ! tu verserais ! » Gilgamesh insista : « Eh bien ! je pleurerai, qu'importe ? » Alors Enkidu, sans se faire prier plus longtemps, se rendit à ses désirs... [6]

Mais, avant d'en venir au récit détaillé de ce qu'il avait vu aux enfers, il s'emporta, dans une violente imprécation, contre Zaïdu, le chasseur perfide, et contre Samhat, la fallacieuse courtisane, qui avait causé son malheur : « Toi, Zaïdu, puissé-je te voir abattu et sans force ! Et toi aussi Samhat, puissé-je te voir emmurée dans la vaste prison des enfers, traquée de toutes parts, dépouillée de tes charmes, privée d'abri, gisant énervée et sans vie ![7] »

Après avoir ainsi déversé le trop plein de son cœur, Enkidu entama la description des enfers — un morceau d'une haute portée religieuse, sur lequel vécurent sans doute de longues générations d'hommes, où se trouvent exprimées les croyances du vieux monde sémitique sur la vie future, ses craintes et ses espérances ; un vaste tableau sans perspective, partagé, à la façon d'un bas-relief antique, en deux registres, où s'étage au-dessus de la foule des morts misérables, le petit nombre des bienheureux : « Mon ami, le lieu où je suis descendu est un lieu de ténèbres, la demeure d'Irkalla. C'est la maison où l'on entre pour ne plus en sortir, le chemin où l'on s'engage sans retour. Malheureux sont ceux qui l'habitent ! Privés de lumière, ils sont réduits à se nourrir de poussière et de boue. Ils sont vêtus d'ailes, à la façon des oiseaux... Jamais ils ne voient le jour, toujours ils sont plongés dans la nuit. Je suis entré, mon ami, dans cette maison et j'y ai rencontré des rois, les anciens maîtres de la contrée, ceux à qui Anu et Bel ont assuré le renom et une gloire durable sur la terre, non loin de l'abîme d'où jaillissent les eaux vives. Dans cette même maison, j'ai vu s'agiter pêle-mêle le seigneur et le noble, le pontife et l'homme puissant, le gardien de l'abîme des grands dieux, et Etana, et Ner, et Allât, la souveraine des enfers... [8] »

Peu à peu le récit s'anime.. Maintenant Enkidu déroule le merveilleux spectacle de ses souvenirs, nets et précis comme des visions, que Gilgamesh, l'attention surexcitée, suit, pour ainsi dire, avec de grands yeux tout ébahis : « Vois-tu, Gilgamesh ? — Oui, je vois ! — Étendu sur un lit de repos, il boit l'eau pure, celui qui a été tué dans la bataille. Vois-tu, Gilgamesh ? — Oui, je vois ! — Son père et sa mère soutiennent sa tête et sa femme se penche sur lui avec amour... Celui au contraire dont le cadavre gît sans sépulture dans la plaine, vois-tu, Gilgamesh ? — Oui, je vois ! — celui dont l'ombre ne repose point dans la terre, et est laissée à l'abandon, vois-tu Gilgamesh ? — oui, je vois ! — eh bien ! celui-là est réduit à manger les débris des plats, les reliefs de la table, tout ce qui est jeté à la voirie !⁹ » Ainsi, devant Gilgamesh, une voie de salut restait ouverte : chercher une mort glorieuse dans de nouveaux combats, tout en ayant soin de se ménager des amis, dont le cœur lui restât fidèle jusque dans la mort¹⁰.

Telle est la conclusion de ce poème, bien faite pour inspirer l'amour des vertus guerrières et le respect des morts, ces deux sentiments sur lesquels reposait toute la vie antique, digne couronnement d'une œuvre destinée à glorifier la race et la religion chaldéennes.

---

1. Tab. XII. Col. I, l. 11-31.
2. Tab.XII. Col. II, l. 15-27.
3. Tab. XII. Col. II, l. 28-30 et Col III, l. 1-5.
4. Tab XII. Col III, l. 6-20.
5. Tab. XII. Col. III, l. 21-28. Les l. 29-30 qui terminent cette colonne sont très obscures.
6. Tab. XII. Col IV, l. 1-6. Les l. 7-13 sont fragmentaires et partant très obscures.
7. Tab. XII. Col. (?) a, l. 1-23.
8. Tab. XII. Col. (?) b, l. 29-47. Les ll. 48-50 qui terminent cette colonne sont très obscures à cause de leur état fragmentaire.
9. Tab. XII, Col. VI, 1 4 10. Les 1-3 sont très obscures à cause de leur état fragmentaire.
10. Ce morceau, à cause de sa forme lyrique même, pourrait être regardé comme une vision prophétique des félicités réservées à Gilgamesh dans l'autre vie. Ainsi l'épopée se terminerait sur une sorte d'apothéose idéale du héros.

TRADUCTION DES TABLETTES

COMPLAINTE FUNÈBRE SUR ENKIDU ; SON ÉVOCATION ; LES ENFERS

[Tab. XII.]
[Col. I.]

……………………………………
……………………………………
10 …………………………………
Gilgamesh ………………………
si, à ………………………………
au temple ………………………
un blanc vêtement ……………………
15 comme un ami ……………………
Tu ne te frotteras plus de la graisse onctueuse du taureau,
dont l'odeur suave rassemblait (les hommes) autour de toi !
Tu ne dirigeras plus l'arc contre la terre,

car, voici que (de toutes parts) t'enveloppent ceux que l'arc a frappés !

20 Tu ne porteras plus le sceptre en main,

l'*ekim* [1] te poursuit de sa malédiction !

Tu ne lieras plus à tes pieds des sandales,

tu n'adresseras plus de provocation à la terre !

Tu n'embrasseras plus la femme que tu aimes,

25 la femme que tu détestes, tu ne la battras plus !

Tu n'embrasseras plus le fils que tu aimes,

le fils que tu détestes, tu ne le battras plus !

La terre rugissante s'est emparée de toi,

la sombre, la noire mère, la déesse *Nin-a-zu*, la ténébreuse,

30 dont le front n'est point revêtu d'un voile brillant,

dont la poitrine ne crie point (?), comme celle du taureau, (sous la piqûre) du taon (?).

[Tab. XII.]
[Col. II.]

....
.... les(?) son ......
....
....
5 .... son ....
.... son ....
.... ils sont revenus,
.... son ....
10 ....
....

15 Il a embrassé la femme qu'il aime,

la femme qu'il déteste, il l'a battue !

Il a embrassé le fils qu'il aime,

le fils qu'il déteste, il l'a battu !

La terre rugissante s'est emparée de lui,

20 la sombre, la noire mère, la déesse *Nin-a-zu* [2], la ténébreuse,

dont le front n'est point revêtu d'un voile brillant,

dont la poitrine ne crie point (?), comme celle du taureau, (sous la piqûre) du taon (?).

Voici que Enkidu (est descendu) de la terre vers les ténèbres !

Le dieu *Namtar* [3] ne l'a pas enlevé, l'*asak* ne l'a pas emporté, c'est la terre qui l'a pris !

25 Le *rabis* [4] de Nergal [5] impitoyable ne l'a pas ravi, c'est la terre qui l'a pris !

Il n'a point été frappé avec les braves sur le champ de bataille, c'est la terre qui l'a pris !

……… le dieu *Nin-gul* [6] pleura sur le sort d'Enkidu, son serviteur.

Vers …… le temple de Bel, il se rendit tout seul :

« Mon père, ô dieu Bel, le *tambûkku* m'a jeté à terre !

30 Le *mîkkê* [7] m'a jeté à terre !

[Tab. XII.]
[Col. III.]

Enkidu, celui qui (est descendu) vers les ombres, …

le dieu *Namtar* ne l'a pas enlevé, l'*asak* (?) ne l'a pas emporté, c'est la terre qui l'a pris !

Le *rabis* de Nergal impitoyable ne l'a pas ravi, c'est la terre qui l'a pris !

Il n'a point été frappé avec les braves sur le champ de bataille, c'est la terre qui l'a pris ! »

5 Le père Bel ne répondit pas ………………

« Mon père, ô dieu Sin, le *tambûkku* m'a jeté à terre !

Le *mîkké* m'a jeté à terre !

Enkidu, celui qui (est descendu) vers les ombres, …

le dieu *Namtar* ne l'a pas enlevé, l'*asak* (?) ne l'a pas emporté, c'est la terre qui l'a pris !

10 Le *rabis* de Nergal impitoyable ne l'a pas ravi, c'est la terre qui l'a pris !

Il n'a point été frappé avec les braves sur le champ de bataille, c'est la terre qui l'a pris ! »

Le dieu *Namtar* ne l'a pas enlevé, l'*asak* (?) ne l'a pas emporté, c'est la terre qui l'a pris !

Le *rabis* de Nergal impitoyable ne l'a pas ravi, c'est la terre qui l'a pris !

Il n'a point été frappé avec les braves sur le champ de bataille, c'est la terre qui l'a pris ! »

20 Le père Éa ……………………………

Vers le guerrier, le héros, Nergal, …………

« Guerrier, héros, ô dieu Nergal, ………………

détends (?) le cercle (du monde) (?), et entr'ouvre la terre,

que l'ombre d'Enkidu, comme un souffle (?), sorte de terre !

25 À côté (?) ………………………………… »

Le guerrier, le héros, Nergal, .

détendit (?) le cercle (du monde) (?), et entr'ouvrit la terre ;

l'ombre d'Enkidu, comme un souffle (?), sortit de terre !

Ils rugirent et ……………………………

30 ils résolurent, il s'opposa.

[Tab. XII.]
[Col. IV.]

— « Dis-moi, mon ami, oh ! oui, mon ami, dis-le moi ;

ouvre la terre (devant moi), raconte-moi ce que tu as vu ! »

— « Je ne te le dirai pas, mon ami, non je ne te le dirai pas ;

si j'ouvrais la terre (devant toi), si je te racontais ce que j ai vu,

5………………………… assieds-toi, pleure ! »

— .... que je m'assoie, que je pleure !
Son ... tu as touché et son cœur a été en joie,
.... vieux le ver est entré,
.... tu as touché et ton cœur a été en joie,
10 .... rempli de poussière,
.... [.........]
.... [.........]
.... je vois,
.... »

[Tab. XII.]
[Col. V.]

Pareil à un beau *surînnu* ....
....

[Tab. XII.]
[Col. VI.]

— « Celui qui avec un .... bariolé .... l'as-tu vu ? — Je le vois !
— J'affaiblis (?) pour (?)..................
qui .... l'as-tu vu ? — Je le vois !
— Étendu sur un lit, il boit l'eau pure,
5 celui qui a été tué dans la mêlée, l'as-tu vu ? — Je le vois !
— Son père et sa mère soutiennent sa tête, et sa femme (penchée) au-dessus ....
Celui dont le cadavre gît dans la plaine, l'as-tu vu ? — Je le vois !
— dont l'*ekim* ne repose pas dans la terre,
celui dont l'*ekim* n'a point de protecteur, l'as-tu vu ? — Je le vois !

10 — (celui-là mange) les débris des plats, les reliefs de la table, il mange ce qui est jeté à la voirie ! »
Douzième tablette. Histoire (?) de Gilgamesh.
Copie certifiée conforme au texte ancien.
15 Palais ....

[Tab. XII.]
[Col. (?) a.]

« ... affaiblis-le, anéantis sa force [.........]
.... son ...... en ta présence,
.... qu'il sorte devant (?) ! »
...... Zaïdu ...... le trop plein de son cœur,
5 ... Samhat ... qui apporta la malédiction :
«...... Samhat ...... qu'elle te place,
.... ils n'ont pas frappé contre ....
.... qu'elle t'enferme dans la vaste prison,
.... comme le glaive, que dans sa force elle te serre de près,
10 .... bêtes, la demeure de ton choix,
.... de ton approche,
.... des servantes,
...................................qu'elle dépouille,
.... qu'elle mêle,
15 .... eux de l'ensemble,
.... elle,
.... placé (?) dans la maison,
.... le chemin, que ce soit ta demeure,
.... que ce soit ta résidence,
20 .... tes pieds,
...............................ta puissance,
...............................qu'elle dise,
...............................ils ont donné,

....
25 ....
....

[Tab. XII.]
[Col.(?) b.]

«..
.... il m'a ramené,
.... comme un oiseau à mon côté,
...... il m'a fait descendre dans un lieu de ténèbres, la demeure d'Irkalla,

30 dans la maison où l'on entre pour ne plus en sortir,

dans le chemin où l'on s'engage sans retour.

Les habitants de ce lieu sont privés de lumière,

ils vivent de poussière et se nourrissent de boue,

ils sont vêtus d'ailes, à la façon des oiseaux,

35 ils ne voient pas le jour, ils sont assis dans la nuit.

.... où je suis entré,

.... (ceux qui) ont ceint (?) la couronne,

......les porteurs de couronnes qui, aux jours antiques, gouvernèrent la contrée,

...... (à qui) Anu et Bel assurèrent le renom et une gloire durable,

40 là (aussi) se trouvent les eaux bouillonnantes, s'épandent les eaux jaillissantes.

Dans la maison, mon ami, où je suis entré,

demeurent le seigneur et le noble,

le pontife et l'homme puissant,

le gardien de l'abîme des grands dieux

45 et Etana et le dieu Ner.

.... la souveraine des enfers Allat [8],

.... la souveraine des enfers, prosternée devant elle.

.... et elle parla en sa présence,

.... sa tête, elle me vit,

50 .... l'homme prit cela. »

---

1. L'*ekim* chez les Babyloniens correspond à l'*image* (εἴδωλον) des Grecs, à l'*ombre* (umbra) des Latins.
2. *An-nin-a-zu* « la maîtresse de l'eau profonde (?) »
3. *An-nam-tar* « le dieu qui décide du sort. »
4. Une espèce de démon au service de Nergal.
5. *An-ugur* « seigneur du creux infernal (?) »
6. *An-nin-gul* « seigneur de destruction (?) »
7. Les mots *tambûkku* et *mîkké* paraissent être des personnifications de maladies particulières, dont Gilgamesh se sert ici, pour exprimer la dissolution et l'anéantissement de tout son être dans la douleur. Comp. héb. בקק et מקק.
8. *A-nin-ki-gal* « la maîtresse de la grande terre. »

APPENDICE

FRAGMENTS NON CLASSÉS.

[Tab. (?).]
[Col. (?) a.]

....
il mit en abondance de l'encens, ...
Enkidu, l'essence aromatique ....
Enkidu, le puissant, ne......... pas ....
35 maintenant, ...
avec le don du dieu (?) ....
toutes les déesses puissantes ....
il lança un trait (?) contre ....
tous les dieux il prit ....
40 et la fille des dieux .... :
« Moi, Enkidu, ...
il prit pour ....
Enkidu vers ....
Gilgamesh ....

  45 ....
  ....
  jusque (?) ....
  .... vers le bois ....
  certes, ...
  50 certes, le pays(?) ....»

[Tab. (?)]
[Col. III b.]

  ....
  .... il abandonna son troupeau,
  ....ses .... et il descendit au fleuve,
  .... il mit à flot son bateau,
  5 et étant .... il pleura amèrement,
  .... la ville de Ganganna qu'il avait détruite.
  Les ânesses .... leurs petits,
  Les vaches délaissaient leurs veaux.
  Les hommes étaient mornes comme des bêtes,
  10 les femmes gémissaient comme des colombes.
  Les dieux d'Uruk supuri
  se changèrent en mouches, et essaimèrent dans les rues.
  Les génies d'Uruk supuri
  se changèrent en taons (?), et se répandirent parmi les plantations.
  15 Durant trois ans, l'ennemi assiégea la ville d'Uruk.
  Les portes étaient fermées, les verrous (?) étaient posés.
  Ishtar ne put tenir tête à son ennemi.
  Bel, ayant ouvert la bouche, parla
  et manifesta sa volonté à la reine Ishtar :
  20 « .... au milieu de Nippur, mes mains
  ...... mon ...... Babylone, demeure de joie
  ...... mon .... j'ai mis les mains

.... se voit le sanctuaire......
.... la mer (?),
25 .... les grands dieux,
.... Sin ....
.... »

[Tab. (?).]
[Col. (?) c.]

« ....
45 ....
.... deux fois
.... le bélier
.... en ta présence. »
.... de Gilgamesh son fils
50 .... elle entendit.

[Tab. (?).]
[Col. (?) d.]

....
....
...... et le dieu (?)...........................
45 vers ....
les forêts ....
les bêtes de la plaine ....
il espéra ....
....
50 dans (?)...

[Tab. (?).]
[Col. (?) e.]

.... qui (?) ....
.... l'hyène ....
.... et les pasteurs ....
.... Enkidu, le pasteur, aux poils hérissés (?) ...
5 .... dans la maison tu demeures ....
.... Uruk supuri sur ....
....
....

[Tab. (?).]
[Col. (?) f.]

....
....
10 .... en présence ....
.... (le démon) de la maladie a maudit ....
.........la jeunesse (?) et la vieillesse (?).........
son ... je te comblerai de maux dans la demeure...
15 ....certes, que le cœur confiant, dans la demeure de l'homme
....
.... je conduirai les bêtes, la semence ....
.........les murs plein de ....
.........le champ rempli de fleurs ....
.........comme l'insecte *ri ribit*, produit du nord,
... le fils du palais ....
20 .... il a crié et le cheval (?) comme le feu ......

.... et tu iras vers le scorpion à la queue malfaisante ....
.... mauvais, il a détruit ....
.... le possesseur a placé la brique ....
....

[Tab. (?).]
[Col. (?) g.]

....
10 ....
.... qui ....
.... ton dieu qui ....
.... et la grande (?) chevelure (?) ....
.... certes, comme ....
15 .... le songe ....
.... il a laissé ....
.... la plainte ....
.... qu'il glorifie les dieux ....
.... ton dieu ....
20 .... le père des dieux ....
.... ta face (?)............
....

[Tab. (?).]
[Col. (?) h.]

« ....
....
.... son ....

.... tu les as frappés ....
.... il fit descendre, sa semence ....
10............ il se réjouit (à la vue) du sang ...
au milieu d'eux, douze guerriers se séparèrent de moi...
.... à leur suite, la valetaille courut avec empressement ...
.... je pris ces guerriers ....
.... je fis revenir ces guerriers ....
15......... je parlai ainsi au milieu ....

[Tab. (?).]
[Col. (?) i.]

....
....
15 .... et le chemin ....
.... vers son pays ....
.... trente jours (?), Gilgamesh ......
.... et ....
.... il l'ouvrit ....
20 .... Gilgamesh, roi puissant, ...
.... deux tiers, large (mesure) (?) ......
.... Gilgamesh, roi puissant, ...
... ses (?) ... trente jours (?)............
.... dans la ville..............
25 .... cinq sixièmes, large (mesure) (?) ......
....
....

[Tab. (?).]
[Col. (?) j.]

....
....
.... le dieu (?)..................
.... le fauve ....
5 qui sert de nourriture (?) au fauve ....
Quant à moi, ...
et moi, brillant ....
Samas ....
depuis ce jour-là, ...
10 Pourquoi, Enkidu, ...
ce qu'il t'a donné à manger ....
il t'a donné à boire de l'hydromel ………...
il t'a recouvert d'un vêtement, ...
et propice, le dieu ....
15 ....
....

[Tab. (?).]
[Col (?) k.]

[Recto.]

...... Gilgamesh, l'œuvre ....
...... scribe de Borsippa, habitant au sein de la ville, habitant la ville d'Arbèles.
…………... d'Ekur, des temples de Nergal,
.... les tablettes lie par le milieu,
5 ... les ... il plaça dans un étang (?) (au milieu) des roseaux, les

tablettes lie par le milieu.

  .... à moi la couronne de ta tête,
  ... son grand .... du chef du pays d'Assur,
  ... la souveraine des cieux parla, la pure (déesse)
  .... Gilgamesh à ....
  10 .... au chef ....
  ... les...... tablette ....

[Verso..]

  ....
  ....
  ....
  40 .... dans ....
  .... le roi ....
  .... qui ....
  45 .... l'homme de Ninive[1]

[Tab. (?).]
[Col. (?) l.]

  «...
  5 .... j'ai éloigné ....
  .... ce que tu as ordonné (?)............
  ...... Babylone ....
  ...... grand ton côté (?)...................
  .... pourquoi ....
  10 ...... j'ai pleuré et j'ai porté vers ....
  .... la montagne de l'univers et ....
  ... son ...... Cutha ....
  .... Nippur [2] ....
  ....

1. Ce fragment ne fait point partie du poème de Gilgamesh, ainsi que le reconnaît Haupt, *Das babylonische Nimrodepos*, p. 59. Nous le donnons ici parce qu'il y est question de ce héros.
2. Rien ne prouve non plus que ce fragment appartienne à l'épopée de Gilgamesh. Cf. Haupt. *op. cit.* p. 150.

HYMNE À GILGAMESH

Recto.

— « Gilgamesh, roi puissant, juge des Anunnaki,
le grand justicier, le maître des hommes,
toi qui veilles sur les régions de l'univers et administres la terre, seigneur d'ici-bas, ………..
tu exerces la justice, tu es aussi clairvoyant qu'un dieu ;
5 tu as établi ton siège sur la terre, tu rends là tes jugements ;
ta sentence est irrévocable, et ta décision ne saurait être annulée ;
tu interrogea, tu examines, tu juges, tu sondes et tu fais régner l'équité.
Samas a remis dans tes mains le pouvoir et le droit.
Les rois, les princes et les grands s'inclinent devant toi,
10 tu révises leurs arrêts, tu inspires leurs décisions.
Moi, un tel, fils d'un tel, dont le dieu (est) un tel et la déesse une telle ;
que la maladie a frappé, pour me soumettre à un jugement,
et obtenir un arrêt, je me présente devant toi.

Prononce la sentence, ……...……...…...
15 extirpe la maladie ……...……...…...
triomphe de toute espèce de mal, ……........
tout le mal qui est dans mon corps ……... »
— « Dès ce jour ……...……...……...…...
il fera briller ……...……...……...…...
20 un gâteau pur ……...……...……...…...
Il t'offrira un sacrifice ……...……...
il t'apportera un vêtement bariolé (?)……...
la barque d'Éa (?), de bois de cèdre. ……...
d'or de toute espèce ……...……….......
25 ……...……...……...……....

……...……...……...……...... »

Verso.

En présence des Anunnaki ……...……...
Incantation : « Vous autres Anunnaki …… »

Copie certifiée conforme au texte ancien.
Suit la suscription : Palais d'Assurbanipal, etc., en 11 lignes.

TITRE DU POÈME

(*inscrit au catalogue de la bibliothèque d'Assurbanipal*)
Histoire (?) de Gilgamesh : de la bouche de Sinliqiunninni « ô Sin, reçois ma prière, » homme ……...……...

PARTIE II
ÉTUDE SUR LE CARACTÈRE ET L'ÂGE DU POÈME

CARACTÈRES GÉNÉRAUX

Une telle œuvre nous frappe, au premier aspect, par son air d'étrangeté. Tout, en effet, dans ce poème est particulier : l'action, la scène et les personnages. L'action se déroule en un large tableau disposé sur deux plans. Au premier plan, une lutte de héros contre des monstres et des animaux fabuleux ; au second plan, un voyage à travers l'inconnu, à la poursuite de l'immortalité — une merveilleuse Odyssée faisant suite à une Iliade gigantesque. La scène est proportionnée à l'action. D'abord assez restreinte, tout d'un coup, elle s'agrandit, au point de devenir aussi vaste que l'univers. Elle se passe, en partie à Uruk et dans la basse Chaldée autour d'une source, sur la montagne de cèdres, le long de l'Euphrate ; en partie au milieu de contrées mystérieuses, dans la région de la nuit, aux portes du soleil, parmi des jardins enchantés, au bord de l'Océan et des eaux de la mort, à la bouche des fleuves, au soin des enfers. Dans ce cadre s'agitent des personnages surhumains : Gilgamesh, le héros puissant, le monstre Enkidu, le géant redoutable Humbaba, le taureau céleste, les hommes-scorpions, la déesse Sabit, reine de la mer, le pilote Amel-Éa, Uta-Napishtim et sa femme, un couple immortel, et, derrière ces personnages, les faisant mouvoir par des ressorts cachés, la légion des dieux propices ou hostiles, Anu, Samas, Bel, Éa, Nergal, Ishtar... On se sent vraiment tout dépaysé, au cours d'incidents aussi extraordinaires, devant ce défilé de figures bizarres ou de surnaturelles apparitions, projetées sur un mobile décor, aux perspectives infinies. On a même quelque peine à s'y reconnaître d'abord ; l'œil, offusqué par la nouveauté des objets, dérouté par de perpétuels changements à vue, ne s'y fait qu'à la longue et par l'effet d'une lente accommodation. À l'issue du spectacle, l'impression très nette est que l'on vient de traverser un monde de féerie.

Ainsi se trouve résolu du premier coup, en ce qui concerne notre poème, le problème critique, parfois si embarrassant, qui s'impose au début de toute étude sur les épopées primitives, touchant la réalité des événements qui en forment la trame. Fiction ou histoire ? Une telle question ici paraîtrait naïve. Au sortir d'une féerie, il n'y a que des enfants pour demander si cela est arrivé. Nul doute que nous ne soyons ici en plein dans le domaine du merveilleux. L'épopée de Gilgamesh est une épopée essentiellement mythique.

Mais l'esprit, en ses créations les plus libres, emprunte ses éléments à la réalité, à ses sensations, à ses souvenirs. Une analyse minutieuse et subtile parviendrait, sans doute, à dégager les éléments réels dont se compose cette fantaisie, à démêler les images vécues dont est fait ce rêve. Tout d'abord, nous rencontrons ici et là, engagés dans les diverses parties du poème, des éléments d'un système cosmique dès longtemps disparu. En essayant de te reconstituer d'ensemble, à l'aide de tels fragments, on reconnaît sans peine que l'univers, d'après la vieille conception chaldéenne, comprenait, de haut en bas, quatre parties : le ciel, la terre, les enfers et l'abîme.

Le ciel[1] était conçu comme une voûte solide, dont le sommet « le ciel d'Anu » se trouve jeté à une grande hauteur dans l'espace et dont la base confine aux extrémités de la terre. Le long de cette voûte circulent, suivant des routes tracées, les étoiles et le soleil. On le divisait idéalement en quatre régions, dont la direction est marquée par les vents cardinaux. Des deux côtés opposés de l'horizon, à l'Orient et à l'Occident, formant le trait-d'union entre le monde supérieur et le monde inférieur, se dressent les monts Masu, percés d'une grande porte, par où se lève et se couche le soleil — une sorte d'Atlas dédoublé, reposant sur les fondements de la terre et supportant la coupole du ciel.

La terre[2], continent et mers, de forme circulaire, était représentée comme une immense montagne entourée par l'Océan. De même que le ciel, on la divisait en quatre régions, suivant la direction même des points cardinaux. À son extrême limite, à l'Orient et à l'Occident, s'élèvent les monts Masu, qui, par leur grande porte, livrent passage au soleil, ces monts fameux, dont la cime atteint le ciel et dont le pied touche aux enfers. Au-delà des monts Masu, s'étend la région des ténèbres, si vaste qu'il ne faut pas moins de vingt-quatre heures pour la parcourir dans le sens de sa longueur. La région des ténèbres aboutit elle-même aux jardins enchantés, où, après une longue éclipse, réapparaît le soleil, et à la mer, le grand fleuve. Ces terres mystérieuses étaient comme l'*ultima Thule* des anciens Chaldéens. Du rivage, en suivant le chemin du soleil, c'est-à-dire en s'engageant dans la mer souterraine[3], on parvient à l'île de Uta-Napishtim, située au loin, à la bouche des fleuves, après une navigation de trente-cinq jours, — Gilgamesh accompagné du pilote Amel-Éa l'accomplit en trois jours, — à travers l'Océan et les eaux de la mort. De cette île au puits des eaux jaillissantes, la distance est d'environ soixante heures, la même à peu près que celle qui sépare Uruk de la mer.

À l'intérieur de la terre, se place la région des enfers[4]. C'est là proprement l'Aral, auquel on donnait encore divers autres noms. Tantôt, en effet, il était pris pour la terre elle-même, tantôt, il était désigné comme le pays des ténèbres, le séjour des ombres (*sulu*), le *sheol* des Hébreux. On se le figurait bâti à la façon d'une forte citadelle ou d'une vaste prison, fermée de toutes parts à la lumière, éternellement plongée dans la nuit. Situé dans le voisinage des eaux de la mort, l'Aral semble bien avoir communiqué, par quelque endroit, avec l'abîme et le puits aux eaux jaillissantes.

Au-dessous de l'Aral, avec lequel il est relié par des couloirs secrets, s'étend l'abîme[5], qui ne paraît pas distinct et du puits aux eaux jaillissantes et de la bouche des fleuves.

Tel nous apparaît, d'après la vieille conception chaldéenne, l'univers pris dans son ensemble : une immense montagne creuse, reposant sur l'abîme, surmontée d'un pavillon étoilé, où, de l'Orient à l'Occident, chemine le soleil. Qu'on imagine un vaste édifice comprenant, au rez-de-chaussée, une salle spacieuse unique bien percée, au sous-sol, une cave obscure, assis sur des fondements, qui plongeraient jusque dans les eaux inférieures et terminé par un dôme, qui irait se perdre dans les nues. C'est, démesurément agrandie, une reproduction exacte de l'habitation des riverains de l'Euphrate et du Tigre ou de la tente des nomades, telles qu'elles sont représentées dans les antiques bas-reliefs. Conception primitive, toute fondée sur ce système d'apparence, où les choses sont ce qu'on les aperçoit ; conception enfantine, qui rapetisse les choses à notre courte vue, échafaude l'infini entre quatre piliers et construit l'univers à l'image de nos taupinières.

Parmi ces éléments cosmographiques, on a cru démêler des fragments, faisant partie d'un ancien système astronomique. Dès l'abord, en effet, la relation a paru frappante, entre le cycle des aventures de Gilgamesh et *les* vicissitudes du soleil dans sa révolution annuelle. Ainsi, n'a-t-on pas hésité à affirmer, que le héros de cette épopée était une personnification solaire et que les douze tablettes, dont se compose sa légende, correspondaient aux douze mois de l'année et aux douze signes du zodiaque[6].

H. C. Rawlinson a le premier émis une telle opinion[7]. D'après ce savant, la victoire sur le taureau ailé doit se rapporter, à la fois, à la deuxième tablette et au signe zodiacal du Taureau. De même, la sixième tablette, où il est question d'Ishtar, représente le mois placé sous le signe de la Vierge et spécialement consacré à Vénus. Sur l'identification de la dixième tablette avec le dixième mois, il subsiste encore dos doutes, à cause de l'obscurité même du nom attribué à ce mois par les Babyloniens. Mais, comme les divinités Pap-Suked et Mamit, auxquelles il était consacré, sont regardées comme les arbitres de la vie et de la mort, qui forment l'objet principal de la dixième tablette, il est à présumer que, dans la pensée des Babyloniens, l'idée de mort avait été associée avec le solstice d'hiver et le signe du Capricorne. Quant à la dernière tablette, qui, probablement, se terminait par la mort d'Izdubar et préludait à sa renaissance pour l'année qui allait s'ouvrir, elle était dans une connexion étroite avec le dernier mois, dont le nom babylonien rappelle l'époque de la moisson ou de la fin de toute végétation.

Ces vues ont été reprises et largement développées par A. H. Sayce et Fr. Lenormant[8]. Voici, dans leur expression définitive, les conclusions de ce dernier savant, qui résume et complètent les résultats de tous les travaux antérieurs.

La première tablette manque. Dans la deuxième tablette, Izdubar envoie quérir Enkidu, moitié homme et moitié taureau, c'est à savoir, dans « le mois du taureau propice, » présidé par Éa, le créateur d'un tel monstre. La troisième tablette, où nous voyons Enkidu, séduit par Harimtu et Samhat, se rendre à Uruk et lier amitié avec Izdubar, demeure sans explication. Dans la quatrième tablette, Izdubar entrant en campagne contre Humbaba, se révèle comme un véritable Hercule, précisément dans le mois consacré à Adar, l'Hercule chaldéo-assyrien. Dans la cinquième tablette, Izdubar, qui n'est autre chose qu'une forme du dieu Feu, triomphe de Humbaba, c'est à savoir, au mois du Feu, sous le signe du lion terrassant le taureau, expression symbolique de la victoire de la lumière sur les ténèbres. La sixième tablette, dans laquelle Ishtar se propose elle-même en mariage à Izdubar, et, se voyant refusée, de dépit, exige d'Anu, son père, la création du taureau céleste, lequel finit par être terrassé, correspond exactement au « mois du message d'Ishtar » et marque, par le triomphe du héros sur le monstre, le moment de plénitude de sa force. Dans la septième tablette, Izdubar tombe malade et est privé de son ami, juste dans le mois qui suit l'équinoxe d'automne, où le soleil se trouve déjà sur son déclin. Dans la huitième tablette, Izdubar parti à la recherche de Hasisatra, pour obtenir sa guérison et le secret de la vie, rencontre les deux hommes-scorpions sous le signe même du Scorpion. La neuvième tablette, où se trouve racontée la navigation d'Izdubar, dans la barque d'Our-hanschâ, à travers l'Océan et les eaux de la mort, est en rapport avec le solstice d'hiver et la fin du mois placé sous la garde de Nergal, le dieu de la mort. C'est dans la dixième tablette et au mois « de la caverne, » qu'Izdubar parvient à l'embouchure des fleuves, dans l'endroit secret qu'habite Hasisatra. Les récits du déluge et de la guérison d'Izdubar prennent place dans la onzième tablette, parce que le onzième mois est celui du signe du Verseau, et, qu'à partir de ce moment, le soleil reprend sa marche ascendante. Enfin, dans la douzième tablette, l'ombre d'Enkidu arrachée aux enfers, est transportée parmi les dieux, c'est à savoir, dans le mois de la constellation des deux poissons d'Éa, qui symbolisent la résurrection.

Nous reconnaîtrions sans peine, avec Fr. Lenormant, que « toutes ces coïncidences, qui s'enchaînent si régulièrement, ne sauraient être fortuites, » si, en réalité, elles étaient toutes également fondées. Mais, tant à cause de l'imperfection du texte, que de l'incertitude *même* des traductions, il s'est glissé, ici et là, des erreurs regrettables. Dans le court exposé que ce savant nous a donné du contenu de l'épopée, l'ordre des tablettes a été plusieurs fois interverti, la septième tablette ayant pris la place de la huitième, et la huitième celle de la neuvième. Ainsi se trouve rompue cette chaîne si régulière et brisée l'harmonie d'une telle concordance. Il n'échappe d'ailleurs à personne que certains de ces rapprochements sont forcés, et qu'il s'y mêle trop de conjecture.

Grâce au texte critique publié par P. Haupt et aussi à une connaissance plus approfondie du poème, Alf. Jeremias a pu fixer avec une assez grande précision le sens astronomique des diverses tablettes[9].

D'après lui, la carrière héroïque d'Izdubar, qui, « tel qu'un buffle, » domine sur les hommes, s'ouvre dès le début de la première tablette et sous le signe du Bélier, qui, chez les Assyriens, est le symbole même de la royauté (*lûlimu=sarru*). Le deuxième signe, celui du Taureau, paraît être en rapport avec la deuxième tablette, où le rôle principal est dévolu à Enkidu, représenté comme l'homme-taureau, et le deuxième mois, dont le nom, écrit en signes idéographiques, signifie « le taureau qui se tient debout ». Le troisième signe, celui des Gémeaux, correspond à la troisième tablette, dans laquelle Enkidu et Izdubar, après avoir lutté ensemble, se lient d'une étroite amitié. La sixième tablette, où se trouve racontée l'aventure amoureuse de la déesse Ishtar, est dans une relation évidente avec le signe de la Vierge, et le sixième mois, qui a nom

« l'envoi de la déesse Ishtar ». Si le signe du Sagittaire est conçu sous la forme de l'homme-scorpion, ainsi que certaines représentations figurées semblent l'indiquer, un tel signe se trouverait dans une connexion étroite avec la neuvième tablette, dont l'événement capital est la rencontre d'Izdubar avec les hommes-scorpions. Enfin, si le signe du Verseau peut être considéré comme le symbole de la saison pluvieuse, ici encore, l'accord serait frappant d'un tel signe avec le récit du déluge, qui forme l'objet principal de la onzième tablette, et le onzième mois, désigné comme le mois « de la malédiction de la pluie. »

Au système ainsi présenté, à celui de H.C. Rawlinson, A. H. Sayce et Fr. Lenormant comme à celui d'Alf. Jeremias, on a fait une objection : De ce que, a-t-on dit, le poème se trouve inscrit sur douze tablettes, on conclurait à tort qu'il ait été divisé en douze chants. Dans ce cas, en effet, chaque tablette devrait accuser, au début et à la fin, une division nette dans le récit, qui ne se trahit nulle part.

En s'appuyant sur de telles considérations, A. Loisy[10] prétend que Gilgamesh doit être regardé comme une personnification solaire, non parce qu'il a accompli douze travaux en rapport avec les douze signes du zodiaque et les douze mois de l'année, mais bien parce que la carrière qu'il a fournie est parallèle, sinon identique, à la révolution annuelle du soleil. En effet, à ses débuts, Gilgamesh, le héros solaire, cherche à nouer des relations avec Enkidu, l'homme-taureau, symbole du Taureau zodiacal et conclut avec lui une alliance figurée par le signe des Gémeaux. À partir de ce moment, les deux amis courent d'exploits en exploits, jusqu'au jour où survient la mort d'Enkidu, de même que le soleil croit en force et en vigueur, depuis le commencement du printemps jusqu'à la fin de l'été. La rencontre de Gilgamesh avec les hommes-scorpions, qui ne sont pas autre chose, sans doute, que le signe du Scorpion et du Sagittaire réunis, ces terribles gardiens placés à l'entrée de la région de la nuit, où tous les jours s'engage le soleil, paraît signifier l'entrée de la saison hivernale. Après le Scorpion-Sagittaire, Gilgamesh rencontre Sabit, la déesse de la mer, dont le nom rappelle celui de la gazelle, de la chèvre-poisson qui est le signe du Capricorne et parvient enfin auprès de son aïeul, Uta-Napishtim, qui représente le signe du Verseau. Là, il reprend des forces, de même que le soleil après le solstice d'hiver, puis, la saison hivernale n'étant pas encore complètement terminée, il reprend sa course sur mer et traverse le signe des Poissons. Arrivé chez lui bien portant, il lui est donné de revoir Enkidu, à la fin même de l'hiver, marquant le retour de l'année nouvelle. Ainsi, « le séjour d'Enkidu aux enfers correspond aux six mois de l'automne et de l'hiver, tandis que la durée de sa carrière terrestre correspond aux six mois du printemps et de l'été. »

Les observations ajoutées par Alf. Jeremias et A. Loisy aux résultats déjà acquis par H. C. Rawlinson, A. H. Sayce et Fr. Lenormant, pour être ingénieuses, n'en paraissent pas moins solides. Tout au plus, pourrait-on opposer quelques réserves. Nous nous contenterons de faire remarquer que, jusqu'ici, l'on s'est préoccupé trop exclusivement de la révolution annuelle du soleil dans ses rapports avec le cycle de Gilgamesh, alors que, au cours de notre épopée, les évènements se trouvent entremêlés, de façon à symboliser, par un jeu de combinaison savante, les vicissitudes du soleil, non seulement dans sa course annuelle, mais encore dans sa course diurne. On ne saurait trop insister sur ce dernier point.

Gilgamesh passe par la grande porte qui livre passage au soleil[11], et, s'engageant sur son chemin, à travers la région de la nuit, parvient aux jardins enchantés et à la mer. Des bords de la mer, monté sur la barque de Uta-Napishtim, il se rend auprès de son aïeul, et aborde, vers le milieu de sa course, à l'île où il demeure. Du rivage de cette île, il s'en revient comme il était venu, en passant de nouveau par la grande porte du soleil. Ainsi, Gilgamesh, moitié par voie de terre, moitié par voie de mer, fournit, du matin au soir, la même carrière que le soleil. Le voyage de Gilgamesh est un symbole transparent de la révolution diurne du soleil[12].

Il y a plus encore : il est dit expressément dans notre poème que nul, en dehors de Samas, ne saurait franchir la mer[13]. Or, à cet endroit même, nous voyons que Uta-Napishtim a à sa disposition une barque, conduite parle pilote Amel-Éa, sur laquelle il passe à son gré le grand fleuve de l'Océan[14]. Puisqu'il en est ainsi, faut-il voir en Uta-Napishtim autre chose qu'une doublure de Samas ? Son nom même, « soleil de vie, » semble indiquer qu'il personnifie le soleil, se reposant, la nuit, des fatigues du jour, réparant ses forces et puisant une nouvelle vigueur dans le sommeil. Uta-Napishtim ne représenterait-il pas le soleil sous sa face nocturne, tandis que Samas serait le soleil vu sous sa face diurne ? Cet ancêtre immortel de Gilgamesh, aussi vert malgré les ans, que son petit fils, grâce à l'arbre de vie, paraît bien être le soleil éternellement rajeuni dans l'Océan, à la source même de la vie. Si l'on considère, en outre, que Gilgamesh est uni à Uta-Napishtim par les liens d'une parenté rapprochée[15], et à Samas lui-même par des relations étroites de dépendance[16], ne résulterait-il pas de là que Gilgamesh, peut être regardé comme le substitut de l'un et de l'autre ? En tout cas, de telles connexions sont trop frappantes pour être dues au hasard.

À des observations astronomiques et cosmiques à la fois semble se rattacher le déluge, dont le récit constitue un épisode important de notre poème.

Si, en effet, la relation est réelle, que l'on a prétendu découvrir entre la onzième tablette de l'épopée et le mois « de la malédiction de la pluie » ou la constellation zodiacale du Verseau, il faudrait voir dans la version chaldéenne du déluge, la notation d'un phénomène astronomique se reproduisant à intervalles fixes, un signe marquant le retour périodique de la saison pluvieuse.

Mais ce phénomène astronomique n'allait point, assurément, sans perturbations terrestres. Le passage du soleil dans la constellation zodiacale du Verseau coïncidait avec des orages violents et des inondations redoutables. Parmi ces déluges, soit que l'un d'entre eux ait frappé vivement les esprits à l'exclusion des autres, soit que tous ensemble se soient fondus à la longue en une impression résultante unique, toujours est-il que le souvenir d'un tel événement resta profondément gravé dans la mémoire des antiques générations. Souvenir net et précis, qui ne saurait être expliqué à l'aide de simples combinaisons astronomiques, mais seulement d'après des données réelles. Le déluge chaldéen, malgré la foi mythique qu'il a revêtue, a son origine dans un fait historique.

Quant à l'universalité du déluge, laquelle se trouve affirmée expressément dans notre récit, elle doit s'entendre évidemment, tout en faisant sa part à l'emphase orientale, du monde connu des Chaldéens. Mais bien restreinte fut la *terra cognita* pour ces anciens hommes. Elle ne s'étendait guère, en effet, au-delà de leur vallée et de l'horizon de montagnes qui la terminaient. À l'Orient et à l'Occident se dressaient, ainsi que nous l'avons vu, les montagnes du soleil, ouvrant sur la région de la nuit, aboutissant aux jardins enchantés et à la mer. Or, cette mer, c'est à savoir l'Océan qui entoure la terre et forme, par conséquent, les dernières limites du monde, se trouvait à peine à soixante heures de marche d'Uruk. Dans la direction du nord-est, le point extrême paraît avoir été le mont Nizir[17]. Il résulte de ces considérations que ce qui parut, autrefois, un déluge universel, n'est pour nous, aujourd'hui, qu'un déluge local. Le déluge, tel qu'il nous a été décrit par le poète chaldéen, resta circonscrit dans la vallée du Tigre et de l'Euphrate.

L'épopée de Gilgamesh n'est point un traité de cosmographie et d'astronomie, aussi, avons-nous eu quelque peine à reconstituer d'ensemble les idées des Chaldéens à ce sujet, d'après des vestiges recueillis çà et là, tout le long du poème. Il n'en est point de même pour les faits historiques et les données mythologiques, dont les traces subsistent encore visiblement à toutes les pages. L'épopée de Gilgamesh, en effet, est avant tout un poème national et religieux.

La basse Chaldée[18] nous apparaît, à travers le poème, comme une vaste plaine, entrecoupée de collines, bornée au nord-est par le mont Nizir et au sud-est, du côté d'Elam, par la montagne de cèdres. Ses limites semblent s'être confondues avec les limites mêmes de la terre, tout entière comprise, ainsi que nous l'avons déjà dit, de l'Orient à l'Occident, entre les monts Masu, où se lève et se couche le soleil. Cette plaine était arrosée par de larges fleuves, tels que l'Euphrate, et d'autres cours d'eau moins importants. Elle possédait une faune et une flore variées.

Cette région se trouvait divisée, à cette époque, en trois pays distincts : le pays de Nizir, au nord-est, le pays d'Uruk, au sud, et le pays d'Elam, au sud-est ; ces deux derniers, constitués déjà à l'état de royaumes indépendants et même, comme on l'a prétendu, rivaux. De ce que, en effet, l'adversaire principal de Gilgamesh, Humbaba, est d'origine Elamitique[19], on a cru reconnaître, dans la lutte des deux héros, une personnification de la vieille rivalité qui exista entre Uruk et Elam.

Quoi qu'il en soit, la basse Chaldée[20] paraît avoir été, dès ce moment, assez florissante. Au milieu de la plaine, s'élevait Uruk supuri, « Uruk la bien gardée », une grande ville, fière de ses remparts, d'aspect pittoresque, d'ailleurs, avec ses maisons basses, aux rares ouvertures, bâties tout le long de rues bien tracées, avec ses palais et ses temples, se dressant au milieu de jardins et de bosquets. On y rencontrait, en outre, d'autres villes assez importantes : Nippur, l'antique Surippak, Ganganna, Babel et Cutha.

Dans ces divers centres, la famille et la cité elle-même revêtaient déjà des formes bien définies. La famille[21] y constituait un groupe, dont le père, son chef naturel, était regardé comme le maître absolu. Nous le voyons, en effet, entouré de ses femmes, de ses enfants, de tout un peuple de serviteurs et de servantes, distribuer à chacun, selon son bon plaisir, des caresses ou des coups.

C'est là le régime patriarcal saisi dans sa pleine rigueur. Quant à la cité[22], elle était soumise, elle aussi, à une organisation régulière. À sa tête était un roi-pasteur, ayant pour attributs la couronne et le sceptre, une sorte de tyran, qui ne reconnaissait d'autres lois que son caprice. Immédiatement au-dessous de lui, se plaçait une aristocratie puissante, comprenant plusieurs castes : celle des prêtres, des guerriers et des nobles. Il semble que ces divers corps, réunis en assemblée générale dans certaines circonstances extraordinaires, aient eu voix consultative. Enfin, tout au bas de l'échelle sociale, venait la foule obscure des artisans, des marchands et des laboureurs. C'est là, on le voit, une monarchie absolue déjà tempérée par un mélange d'oligarchie. Une telle constitution remontait sans doute à une époque fort reculée. Dans notre poème, en effet, il est question c des porteurs de couronnes, qui, jadis, gouvernèrent la contrée » et aussi, de la distinction établie, de temps immémorial, à Surippak, entre « le peuple et les anciens. » Une telle société était déjà parvenue à un certain degré de civilisation[23]. Les Chaldéens, en effet, semblent avoir possédé l'écriture de toute antiquité. Ils s'en servaient, dès cette époque, pour graver, sur des tablettes d'argile, de courtes inscriptions commémoratives ou même de longs poèmes, où se révélaient leurs aptitudes littéraires. Ils ne restaient pas non plus étrangers à la science. Ils étaient les inventeurs d'un système de nombres et de mesures, ingénieux et commode à la fois, à l'aide duquel ils appréciaient les grandeurs, supputaient le temps, mesuraient les distances, déterminaient la superficie, le poids et la capacité. Ils n'ignoraient pas absolument la physique et s'adonnaient avec passion à la cosmographie et à l'astronomie, mais, dans l'étude des phénomènes célestes et terrestres, ils se bornaient à noter les apparences et à les expliquer par l'action des dieux. Plus encore que les lettres et les sciences, l'art et l'industrie avaient pris parmi eux un développement considérable. Ils connaissaient les principes et la technique de l'architecture et de la plastique, lis construisaient en brique ou en pierre de solides remparts, des habitations commodes, des palais et des temples magnifiques qu'ils décoraient de statues. Ils savaient également tisser de belles étoffes, travailler le bois, le métal, l'or, l'argent et les pierres précieuses, dont ils fabriquaient toute sorte d'objets d'utilité ou de luxe.

Mais ce peuple, rude encore malgré son goût de civilisation, se plaisait surtout à la chasse et à la guerre[24]. Contre les fauves, il luttait de ruse ou de force, tendant des filets, creusant des fossés ou attaquant de face. Avec les hommes, déjà, la tactique était plus savante. L'armée paraît avoir été, dès cette époque, assez fortement constituée. Composée de troupes indigènes et auxiliaires, commandée par un seul chef, elle faisait des sièges en règle et essuyait de vraies batailles rangées. Comme armes défensives les guerriers portaient le casque et la cuirasse ; ils avaient pour armes offensives, l'arc, le glaive et la hache. Ils se montraient très ardents au combat et ne redoutaient point la mort, car, ils savaient le sort bienheureux qui attend dans l'Aral, les braves tombés sur le champ de bataille. Aussi ces anciennes guerres, sauvages et meurtrières, ne se terminaient guère que par l'extermination de l'ennemi.

Non moins que la passion de la chasse et de la guerre, les Chaldéens eurent le goût des aventures lointaines. Établis le long des rives du Tigre et de l'Euphrate, dans le voisinage même de la mer, ils furent marins autant par nécessité que par vocation. Ils excellèrent, de bonne heure, dans l'art de la navigation[25]. De quels procédés ils usaient pour construire et équiper un vaisseau, nous l'apprenons, au cours de notre poème, par la description même de l'arche. Pour cela, ils dressaient d'abord la charpente d'après un plan, puis en adaptaient les diverses parties entre elles de façon à constituer un vaste coffre percé de portes et de lucarnes, protégé en haut et en bas par un lit de roseaux et muni d'avirons. Ils divisaient ensuite l'intérieur en plusieurs étages, et chaque étage en compartiments. Enfin, ils l'enduisaient de bitume et de naphte tant à l'intérieur qu'à l'extérieur. De tels vaisseaux pouvaient supporter de lourdes cargaisons, et sous la conduite d'un pilote expérimenté, résister aux gros temps, puisque nous voyons l'arche de Uta-Napishtim surnager au-dessus des eaux du déluge.

Nul peuple ne fut plus profondément religieux que ce peuple de guerriers et de navigateurs. Les Chaldéens, en effet, avaient peuplé l'univers d'une infinité d'êtres surnaturels, dieux ou démons.

Leurs dieux[26] ne furent point d'abord distincts des forces de la nature. Ce caractère physique, qui est resté empreint dans la plupart des noms qui servaient à les désigner, se manifeste clairement, par des actions déterminées, en plusieurs endroits de notre poème. Mais, presque partout, ce mode primitif de représentation y fait place aux conceptions zoomorphiques et anthropomorphiques. Les dieux que nous rencontrons là, sont des dieux de chair, à peine dégagés des formes animales, déjà revêtus des belles proportions humaines. Ils participent, d'ailleurs, à toutes nos passions terrestres. Ils sont, comme nous, mobiles, tour à tour sages et inconsidérés, capricieux, irascibles, pitoyables, bons ou mauvais, suivant les circonstances, mais, en toute occasion, redoutables vengeurs de l'iniquité.

Ces dieux, mâles et femelles, forment entre eux des groupes, calqués sur le modèle de nos associations. Ils sont répartis par familles, distribués, suivant une hiérarchie savante, en dieux supérieurs et inférieurs.

Parfois même, ils se constituent en assemblée, sous la haute présidence d'Anu.

Chacun d'eux a ses attributions particulières et une juridiction déterminée ; entre tous, ils se partagent le gouvernement de l'univers. Souverains maîtres des hommes et des choses, dispensateurs de la vie et de la mort, ils agissent en diverses manières : tantôt intervenant directement, par leurs actions et leurs discours, tantôt indirectement, par la voie mystérieuse des songes.

Au-dessous des dieux, viennent les démons,[27] dont quelques-uns paraissent avoir été de vraies divinités, sortes de génies malfaisants, personnifications des maladies qui se logent en notre corps et jusque dans les arbres.

Entre les dieux et les démons, se place l'homme[28], créature de basse extraction et de tristes destinées. Il a été façonné par l'artiste suprême avec de l'argile, de même que la statuette, fabriquée par l'ouvrier avec le limon du fleuve. Il est poussière et doit retourner en poussière. Après une courte vie, il descend de la terre aux enfers, la vaste prison, la forte citadelle, où voltigent les ombres, pareilles à des chauves-souris, dans les ténèbres éternelles. Il vase perdre parmi les têtes banales des morts, qui vivent de boue, à moins qu'un sort illustre et la piété filiale ne lui aient valu une place de choix, où il boit l'eau pure en compagnie des siens. On se souvenait encore, il est vrai, d'un certain Uta-Napishtim, lequel avait été, par un privilège spécial, enlevé au ciel parmi les dieux. Mais le temps était passé de telles apothéoses. Gilgamesh, le petit-fils de Uta-Napishtim, avait essayé d'atteindre l'immortalité à la suite de son aïeul. Un instant, il avait tenu entre ses mains l'arbre de vie, mais, hélas ! un serpent de malheur le lui avait ravi... L'homme était condamné désormais à une destinée inéluctable.

De sa naissance à sa mort, il est en butte à la poursuite des démons, qui l'assaillent de toutes parts et le frappent de maladies étranges, auxquelles il succombe, comme Enkidu, ou dont il ne se relève qu'avec peine, comme Gilgamesh, à l'aide d'aliments magiques et de purifications.

Se sentant faible et coupable, il vit dans la crainte perpétuelle des dieux. Qu'il soit, en effet, l'objet de leurs faveurs, le jouet de leurs caprices, ou la victime de leur haine, toujours il nous apparaît vis-à-vis d'eux dans une posture humiliée, et si, parfois, il se redresse de sa fierté d'homme contre les dieux ennemis et le prend de haut avec eux, il paye cher de telles licences, ayant à subir leur colère.

Bien précaire et bien misérable est l'existence de l'homme ainsi placé entre les dieux et les démons, continuellement exposé d'ailleurs à de sauvages agressions, au sein d'une nature âpre peuplée de géants, de monstres et de fauves.

Contre de tels maux, il ne reste à l'homme qu'un seul recours, c'est à savoir de se rendre les dieux propices. Or, pour se concilier leurs faveurs, il n'est que de leur rendre le culte qui leur est dû.

Aussi, voyons-nous l'homme élever à ses dieux des temples, grands et beaux comme des palais, où se dressent leurs statues, revêtues d'ornements magnifiques, où se déploient à certains jours d'imposantes cérémonies, richement dotés d'ailleurs et servis par tout un peuple de fonctionnaires. En dehors de ces temples, certaines montagnes, certaines villes paraissent leur avoir été spécialement consacrées.

L'homme honore encore la divinité par des offrandes et des sacrifices. Ces dieux antiques, ne sont point encore faits d'une matière si subtile qu'ils ne se plaisent à manger, à boire et à dormir, comme de simples mortels, à respirer l'odeur de l'encens et autres parfums exquis, voire même à recevoir de petits cadeaux[29].

Il lui rend aussi des hommages et lui adresse des prières. Il se tient devant sa divinité, la droite levée, ou se prosterne devant elle et lui baise les pieds. Il l'invoque en toute circonstance, pour être délivré d'un tyran, du fléau de la guerre, du danger ou de la maladie, pour obtenir de revoir l'ombre d'un ami. Il use dans ses prières de termes parfois très touchants, s'adressant à la divinité comme à un père ou à une mère[30].

Hommages et prières, offrandes et sacrifices sont des actes de religion essentiellement intéressés. Toute la théorie en est incluse dans cette formule : « Nous t'avons rendu des hommages, ô roi ! En retour, tu nous accorderas ta protection, ô roi ! » C'est là, entre les dieux et les hommes, un échange de bons procédés, une manière de contrat, un véritable prêté-rendu.

Mais l'épopée de Gilgamesh n'est pas simplement un reflet des idées nationales et religieuses de la race chaldéenne, à une époque déterminée de son histoire. Il arrive aussi, au cours du poème, que les sentiments particularistes font place à des vérités plus largement humaines. Un accent plus profond coupe heureusement, en maints endroits, le thème banal inspiré par la circonstance.

Ainsi, sur la femme, le poète chaldéen nous a-t-il fait part de l'expérience des antiques générations, qui fut aussi celle de tous les temps. Nul assurément, mieux que ce mage, ne nous a révélé cet être double et contradictoire, à la fois charmant et redoutable, nul ne nous a dévoilé d'une main plus sûre les mystères de ce cœur, où s'allient, en des proportions étranges, la douceur et la cruauté. Harimtu et Samhat, si délicieusement perverses qu'elles arrachent à ses bêtes le monstre Enkidu et l'attirent à elles, Ishtar, la Vénus inassouvie, abêtissant, paralysant ou tuant ceux qu'elle a séduits, dans sa furie d'amour, sont vraiment des créations éternelles.

De même, où trouver ailleurs une peinture plus vraie de l'amitié. L'amitié de Gilgamesh et d'Enkidu est au nœud même de l'action. Au début, Gilgamesh envoie quérir Enkidu, puis, une fois qu'il se l'est attaché, nous voyons les deux amis, toujours inséparables, courir les mêmes aventures, jusqu'au jour où la mort impitoyable vient les désunir ; alors, Gilgamesh, inconsolable, part à la recherche d'Enkidu, qu'il lui est donné enfin de revoir dans une suprême évocation. L'épopée de Gilgamesh, on le voit, est à la lettre le poème de l'amitié. Qu'on relise en particulier, pour mieux s'en convaincre, cette scène familière, où les deux héros, après avoir terrassé le taureau céleste, suscité contre eux par la colère d'Ishtar et lavé leurs mains dans l'Euphrate, s'assoient à côté l'un de l'autre comme des frères, ou encore, cette lamentation souvent répétée de Gilgamesh sur Enkidu, où revient le doux nom d'ami, avec une insistance si touchante.

Dans ces âmes antiques, partagées entre l'amour et l'amitié, déjà se fait jour aussi la pitié, sentiment mystérieux, né, s'il faut en croire ce sage de Chaldée, au cœur d'une femme, mais épelé d'une façon intelligible par une voix d'homme. À sa femme, visiblement émue de la souffrance de Gilgamesh, Uta-Napishtim adresse cette parole, sublime dans sa simplicité : « Tu souffres, je le vois bien, de la souffrance de l'humanité ! »

Mais l'intérêt général du poème n'est point tout entier dans de tels sentiments. L'homme, en effet, ne s'y découvre pas à nous seulement par ce côté extérieur, mais encore dans ce qu'il a de plus intime, dans son fonds de religiosité native.

Aux temps anciens, l'homme sans cesse aux prises avec une nature rebelle, peuplée de monstres et de bêtes féroces, toujours en guerre avec ses semblables, ses pires ennemis, eut beaucoup à peiner et à souffrir. Ainsi voyons-nous Gilgamesh et Enkidu lutter sans paix ni trêve contre Humbaba, le taureau céleste, les lions... Dès cette époque d'ailleurs, l'homme était divisé avec lui-même. Toujours désireux du bien, souvent il faisait le mal, où l'entraînait sa nature violente. Aussi vécut-il longtemps sous le coup d'une menace perpétuelle, car, il se reconnaissait coupable et n'ignorait point que les pécheurs encourent de terribles châtiments de la part des dieux. On racontait, en effet, qu'autrefois, à cause de la corruption de la ville de Surippak, la terre entière avait été noyée, de par le dieu Bel, dans un déluge, auquel Uta-Napishtim n'avait échappé, que grâce au dieu Éa, à cause qu'il était juste. Que faire, en cette extrémité, sinon se tourner vers les dieux et tenter de les apitoyer par des supplications et des offrandes ? Ainsi, voyons-nous encore Gilgamesh et Enkidu, adresser des prières à Samas, à Sin, suspendre un ex-voto dans le temple du dieu de Marad, et Uta-Napishtim, sauvé du déluge, offrir un sacrifice d'action de grâces... Or, de telles prières et de tels sacrifices, malgré les formes caduques qu'ils ont revêtues, ne sont-ils pas, à leur manière, une preuve vivante de cet instinct d'adoration, qui, de tout temps, a fait brûler de l'encens et pousser des cris vers le ciel ? N'est-ce pas là ce même besoin d'infini qui nous tourmente, alors que nous sortons de la lutte humaine, le corps et l'âme endoloris ?

Mais il y a plus encore : ces mêmes hommes, harcelés sans cesse par le démon de la maladie, parfois avertis par ces coups subits qui les frappaient dans ce qu'ils avaient de plus cher, connurent cette étrange torture du condamné, calculant les heures qui le séparent de sa fin. Gilgamesh, privé tout d'un coup d'Enkidu, déjà atteint lui-même d'un mal secret, goûta par avance, avec les tristesses de la séparation, l'amertume de la mort. Oh ! ce cri arraché tout ensemble à l'amitié et à la peur : « Mon ami, celui que j'aimais tant, est retourné en poussière ; moi, je ne veux point mourir comme lui... » quelle âme a jamais rendu un son plus humain ! N'était-il donc pas possible de se soustraire à cette dure fatalité ? La science n'avait-elle pas de remède à opposer à ce mal de la mort ? Gilgamesh accomplit un long voyage en quête de l'arbre de vie qui devait le rendre immortel. Il avait enfin découvert la plante salutaire, et s'en revenait joyeux, lorsque, tout d'un coup, par une amère ironie, un serpent sortit la terre et la lui ravit. Hélas ! il s'était fatigué en pure perte, la science n'avait point tenu ses promesses ! Que faire, en de telles conjonctures, sinon se tourner encore une fois vers les dieux et demander à la religion ce que la science ne donne pas, la certitude d'une vie meilleure ? Gilgamesh, en effet, frustré dans ses recherches, vint se jeter éperdu dans les bras de ses dieux, qui, pris de pitié, lui dévoilèrent, dans une évocation, un coin du royaume mystérieux de la mort et lui mirent au cœur l'espérance.

Ainsi, d'un côté, joies et déceptions de l'amour, douceur de l'amitié, goût de la pitié, de l'autre, besoin d'adoration né de la souffrance, peur du néant, désir inquiet d'immortalité, qu'une science décevante exaspère et qui ne s'apaise que dans la croyance, n'est-ce pas là l'expression même de la vie sociale universelle et de la vérité religieuse éternelle ?

---

1. Le ciel : II, II, 19 ; II, III, 3, 30 ; II, V, 27 ; III, III, 15 ; III, IV, 28 ; IV, (?), 15 ; VI, 81 (Cf. ibid. 82-83) ; IX, I, 8 ; IX, II, 1-2, 3, 4-5, 6, 9 ; IX, III, 9, 12-14 ; IX, IV, 40, 41, 43, 46 ; IX, V, 38, 45 ; X, VI, 31 ; XI, 93, 106, 113, 115, 156 ; (?), (?) f, 19.
2. La terre : IV, (?) c, 15 ; IX, I, 8 ; IX, II, 1-2, 3, 4-5, 6, 9, 19, 21 ; IX, III, 9, 10, 11, 12-14, 20 ; IX, IV, 40, 41, 43, 46, 47-50 ; IX, V, 23-40, 44, 45, 46-51 ; IX, VI, 24-29, 32, 36 ; X, I, 1-2, 9,15-16, 21-22 ; X, II, 16-17, 18-19, 21-24, 25-27, 31, 34, 42, 45, 47 ; X, III 5, 33-34, 35, 41, 45, 49, 50 ; X, IV, 3 ; X, V, 25, 26, 27, 34 ; XI, 41, 42, 101, 105, 108, 110, 124, 132, 133, 135, 139, 192, 194, 204-205, 216-217, 245-247 (Cf. ibid. 248-253), 256, 260-261, 265, 269-270,

278, 300-303, 314, 316, 317, 318-320 ; XII, I, 18, 23 ; XII, II, 23 ; XII, III, 23, 27 ; XII, IV, 2, 4 ; (?), (?) h, 24 ; (?), (?) f, 19 ; (?), (?) l, 11— Un fragment géographique, publié par F. E. Peiser (*Zeits. f. Assyr*, 1889, p. 361-370), nous a conservé une construction graphique de la terre, telle que l'avaient imaginée les Chaldéens, une sorte de mappemonde, dressée par un scribe babylonien d'après un original ancien et accompagnée d'une légende explicative. On la dirait faite exprès pour servir d'illustration au poème de Gilgamesh. Le tracé, dans ses lignes principales, correspond assez bien à notre description. Au cours de la légende, d'ailleurs, se trouvent mentionnés la terre avec ses quatre régions (*kibrâti irbitti*), l'endroit où le soleil devient invisible (*asar an-par nu idi-lal*) et le fleuve Océan (*a-gùr marratu*).

3. Ceci résulte, du seul rapprochement des textes relatifs à l'itinéraire de Gilgamesh, ainsi que de la comparaison de ces textes avec les autres documents babyloniens. Cf. en particulier l'*Hymne au Soleil*, publié et traduit par R. E. Brünnow dans *Zeits. f. Assyr.* 1889, p. 1 et suiv. Nous comptons revenir ailleurs sur ce sujet et en fournir une preuve complète.

4. Les enfers : IX, II, 4-5 ; X, II. 14 ; X, III, 31 ; X, V, 22 ; XII, I, 28-31 ; XII, II, 19-22, 23, 24, 25, 26 ; XII, III, 1, 2, 3, 4, 8, 9, 10, 11, 17, 18, 19,23,27 ; XII, IV, 2, 4 ; XII, VI, 8 ; XII, (?) a, 8 ; XII,(?) b, 29, 32, 35, 40, 44, 45, 46, 47.

5. L'abîme : II, I, 1, 7 ; VI, 214 ; IX, VI, 38 ; X, VI, 42 ; XI. 204-205, 290, 300-308, 314, 330 ; XII, I, 28-31 ; XII, II, 19-22 ; XII, (?) b, 40, 44, 43 — Sur la communication des enfers avec l'abîme : X, II, 25-27, 42 ; X, III, 50 ; X, IV, 3 ; XI. 204-205, 245-247 (Cf. ibid. 248-253), 290. 300-303 ; XII, I, 28-31 ; XII, II, 19-22 ; XII, (?) b, 40, 44,45.

6. H. C. Rawlinson : *The Athenæum*, 7 décembre 1874.

7. Dans l'exposé des opinions des divers savants à ce sujet, nous nous sommes attachés à reproduire exactement leur pensée. Même, nous avons poussé le scrupule, jusqu'à respecter la prononciation et l'orthographe attribuées aux noms propres par ces auteurs : Ainsi, qu'on ne s'étonne point de trouver ici des lectures aujourd'hui démodées, comme *Pap suked, Our-'hanschd*, ou des transcriptions différentes du même mot / comme *Izdabar, Izdubar, Gilgamesh*.

8. A. H. Sayce : *Babylonian literature*, p. 27 et suiv. ; Fr. Lenormant : *Les premières civilisations*, t. II, p. 67-81 ; *Les Origines de l'histoire*, t. I, p. 238-241 ; *Histoire ancienne des peuples de l'Orient*, t. V, p. 175-178.

9. Alf. Jeremias : *Izdubar-Nimrod*, p. 66-68.

10. A. Loisy : *Les mythes chaldéens de la création et du déluge*, p. 66-71.

11. Aucun texte, dans le poème, ne nous permet de déterminer avec précision, s'il s'agit ici de la porte de l'Orient ou de la porte de l'Occident. La chose d'ailleurs a peu d'importance, puisque, en réalité, cette *terra incognita*, aux côtés opposés, se trouve divisée avec symétrie et que les mêmes régions s'y succèdent dans le même ordre.

12. Itinéraire de Samas et de Gilgamesh : IX, I, 6-8 ; IX, II, 1-12 ; IX, III, 8-14, 20 ; IX, IV, 39-43, 44-50 ; IX, V, 23-51 ; IX, VI, 24-36 ; X, I. 1-21 ; X, II, 15-34 ; X, III, 32-35, 47-50 ; X, IV, 1-20 ; X, V, 25-27 ; XI, 204-205, 216-217, 243-247, 248-251, 256, 260-261, 265, 269-270, 272-273 ; 276-278, 281, 290, 300-302, 314, 316-317, 318-320.

13. X, II, 20-24.

14. X, II, 28-31.

15. IX, III, 3.

16. II, V, 21 ; IV, II, 10-18. Cf. *Hymne à Gilgamesh* (Voir *l'Appendice*).

17. Le mont Nizir fait partie de la chaîne du Zagros, la plus rapprochée de la Babylonie.
18. La basse Chaldée : 1° Aspect général : II, II, 38, 40, 43 ; II, III, 5, 7, 12, 21, 32, 34, 39, 42, 47-48, 50, 61 ; II, IV, 2, 4, 7 ; II, V, 3, 23 ; III, VI, 9 ; IV, IV, 7 ; IV, (?) b, 36 ; IV, (?) c, 21 ; VI, 15,7, 104 ; IX, I, 8 ; IX, II,1-9, 19-21 ; IX, III, 9 ; IX, IV, 40, 41 ; X, V, 6, 7, 8, 17, 18 ; X, VI b, 25 ; XI, 12, 101, 105, 108, 110, 140-145, 157, 192, 194, 217, 276, 281 ; XII, I, 18, 23 ; XII, (?) b, 38 ; (?), (?) a, 50 ; (?), III b, 3 ;(?),(?)i, 16.

2° La flore et la faune : II, II, 39, 40, 41, 46 ; II, III, 6, 11, 21, 24, 33, 38, 42, 45, 51 ; II, IV, 1, 3, 4, 5, 14, 23, 24, 25, 27, 35, 39, 46 ; II, V, 1,9 ; III, III, 4, 5, 19 ; IV, I, 14, 16 ; IV, II, 16 ; IV, V, 1, 4, 5 ; IV, (?) c, 5 ; IV, VI, 41, 45 ; V, I, 1-3, 6-10 ; V, II, 44 ; V, VI, 42 ; VI, 12, 18, 19, 43, 48-50, 51, 52, 61, 63, 64 ; VIII, I, 16, 17, 22, 23, 27, 29, 30, 42, 43-46 ; IX, 1, 9 ; IX, V, 47-51 ; IX, VI, 24, 27, 28 ; X, II, 3, 29 ; X, III, 41, 45 ; X, V, 3, 6, 7, 10, 11, 31 ; X, V b, 11, 14, 20 ; 21 ; X, V c, 46 ; X, VI, 30 ; X, VI b, 11, 15, 19, 22, 24 ; XI, 44, 45, 71, 86, 147-148, 150-151, 153-154, 159, 188, 190, 284, 285, 286, 291, 295, 297-299, 304-305, 313, 314 ; XI, b, 10 ; XII, 1, 16, 31 ; XII, II, 22 ; XII, (?) a, 10 ; XII, (?) b, 34 ; (?), (?) a, 48 ; (?), III b, 2, 7, 8, 9, 10, 12, 14 ; (?), (?) c, 47 ; (?), (?) d, 46, 47 ; (?), (?) e, 2 ; (?), (?) f, 16, 18, 19, 20, 21 ; (?),(?) j, 4, 5.

3° Divisions géographiques : *a*) le pays d'Uruk : II, V, 31 ; IV, II, 38, 39, 49, 50 — b) le pays d'Elam : IV, I. 14 ; IV, II, 11-12, 14-16 ; IV, V, 1, 4, 5 ; IV, (?) b, 33, 40, 44-46 ; IV, VI, 45 ; V, I, 1-10 ; V, II, 44 ; X, V, 10 ; X, Vb, 14 ; X, V, 46 ; X, VI b, 15, — *c*) le pays de Nizir : XI, 141,142, 143-145.

19. *Humba* est le nom d'un dieu élamite, qui est entré dans la composition de divers mots, servant à désigner des personnes ou des lieux : *Humbanigas*, *Tilhumbi*, etc. Quant à la signification de l'élément syllabique *ba*, elle reste inconnue.
20. Les villes de la basse Chaldée : 1° Uruk supuri : II, I, 9, 10 ; II, II, 19, 24, 32 ; II, III, 14, 27 ; II, IV, 36-39, 44-46 ; II, V, 1, 6, 24, III, III, 9 ; III, IV, 39 ; 10, V, 6 ; IV, 1, 22-23, 27-28 ; IV, II, 7, 35, 46, 48, 49 ; IV, IV, 3 ; VI, 13-14, 34-35, 174, 196, 197, 207 ; X, VI b, 17, 29 ; XI, 260, 269, 320, 322, 323-324, 325-326, 327, 328 ; XII, I, 13 ; XII, II, 28 ; (?), III b, 11-12, 13-14, 15-16 ; (?), (?) e, 6 ; (?), (?) i, 24. 2° Nippur : VIII, 1, 46 ; (?), III b, 20 ; (?), (?) l, 13. 3° Surippak : XI, 11-13, 23, 35, 40. 4° Ganganna : (?), III b, 6. 5° Babel : (?), III b, 21 ; (?), (?) 1,7. 6° Cutha : (?), (?) 1,12.
21. La famille : II, II, 16, 17, 20,23, 27, 28 ; II, III, 25 ; III, VI, 3 ; IV, II, 46, 48 ; IV, (?) a, 4 ; VI, 6-9, 42, 46-79, 173 ; IX, III, 3 ; X, V b, 19 ; X, VI b, 21 ; XI, 85, 112 ; XI b, 9 ; XII, I, 24-27 ; XII, II, 15-18 ; XII, VI, 6-7 ; XII, (?) a, 12.
22. La cité : II, II, 17, 22, 24, 25, 28 ; II, III, 20 ; II, IV, 47 ; II, V 7, 12, 29 ; III, III, 2 ; III, IV, 38 ; III, V, 5 ; IV, II, 40-43 ; IV, IV, 2 ; V, 1, 13 ; VI, 15-16, 35, 58, 62, 64, 128, 130, 141, 168, 187, 197, 198-203 ; X, V b, 32, 33 ; XI, 35, 68, 86, 162 ; X ! b, 9 ; XII, I, 20 ; XII, (?) b, 37-39, 42-43 ; (?), (?) e, 3, 4 ; (?), (?) h, 11-14
23. La civilisation : 1° Écriture : II, I, 8 ; XI, 323-324, (?), (?) l, 23. 2° Lettres : XI, 323-324. 3° Sciences : *a*) Système des nombres et mesures : II, II, 44 ; II, III, 48, 50 ; IV, (?) b, 44-45 ; V, I, 11, 12 ; V, II, 23, 24 ; V, VI, 44 ; VI, 52, 55, 104, 111,130, 140, 141,143, 187-188,189-191 ; VIII, I, 41, 44-45 ; VIII, VI, 21, 23-24, 26 ; IX, III, 10 ; IX, IV, 47, 50 ; IX, V, 23, 26, 29, 32, 35, 38, 44 ; X, I, 3 ; X, III, 23, 41, 45, 49 ; X, IV, 4-7,8, 15, 16 ; XI, 28-30,57, 58, 59, 60, 61, 62, 63, 66, 67, 68-70-80, 128, 130, 140, 143-146, 156, 158, 208, 224-229, 236-241, 300-301, 314, 318-319, 325-326 ; (?) III, 15 ; (?), (?) c, 46 ; (?), (?) i, 17. b) Physique : IV, (?) c, 15-20 ; XI, 97-108. c) Pour la cosmographie et l'astronomie, voir plus haut. 4° Art et industrie : II, I, 9, 10, 11 ; II, II, 2, 34 ; II, III, 22, 43 ; II, IV, 10, 12, 17, 18 ; II, V, 14 ; III,

III, 6, 9 ; III, IV, 30, 31, 32, 35, 36, 37 ; III, V, 3, 4, 9 ; IV, I, 22, 27 ; IV, II, 3-5, 7, 44, 46, 48 ; IV, IV, 3 ; IV, (?) a, 6 ; V, II, 36, 39, 40-41 ; VI, 1-5, 10-14, 20-21, 25, 27, 28, 31, 34, 3o, 36, 39, 54, 66, 77, 174, 170, 192, 207, 208 ; VIII, I, 19, 32, 38, 39, 47 ; VIII, VI, 22, 27 ; IX, V, 48, 50 ; IX, VI, 25, 26, 29, 36 ; X, I, 1 ; X, II, 29 ; X, III, 38, 39 ; X, V, 30 ; X, V c, 46, 47, 48 ; X, VI, 26 ; XI, 68, 73, 76, 81-83, 158, 165, 220, 238, 255, 238, 259, 262, 264, 267, 268, 271, 288, 315, 322, 325, 327, 328 ; XII, I, 13, 14, 20, 22, 30 ; XII, II, 21, 28 ; XII, VI, 4 ; 10 ; XII, (?) b, 37, 38 ; (?), III b, 16, 23 ; (?), (?) e, 5 ; (?), (?) f, 14, 15, 17,19 ; (?), (?) j, 13.

24. La chasse et la guerre : II, I, 9 ; II, III, 9-10, 36-37 ; II, VI, 22 ; III, IV, 39 ; III, V, 6 ; IV, 1, 15 ; IV, II, 13, 37-43 ; IV, VI, 33, 39 ; V, I, 13 ; V, II, 21, 42 ; V, VI, 41, 45, 46 ; VI, 1-5, 120-124, 128-147, 167-170, 174 ; VIII, VI, 31, 32, IX, 1, 15, 16, 17 ; IX, V, 43 ; X, II, 4, 5 ; X, III, 40, 44 ; XI, 5, 55, 122, 130-131, 322 ; XII, I, 18-19 ; XII, II, 26 ; XII, III, 4, 11, 19 ; XII, VI, 4-7 ; XII, (?) a, 9 ; (?), (?) a, 38 ; (?), (?) h, 10-14.

25. La navigation : X, II, 28, 41, 40, 48 ; X, III, 32, 41, 42, 45, 10, 17-49 ; X, IV, 4-7, 8-9, 11, 15-16 ; XI, 24, 27, 28-31, 56-67, 70, 77,79, 85, 89, 94-96, 136, 141-145, 172, 198-200, 208, 221, 223, 248-249. 272-273, 277-278, 294, 309, 317, 321 ; XI b, 7, 11, 14-18 ; (?), III b, 4.

26. Sur les dieux en général : II, II, 19 ; II, IV, 34 ; III, III, 9 ; IV, II, 45 ; IV, III, 44,45 ; IV,(?) c,5 ; V, I, 6 ; IX, I, 11 ; IX, II, 14, 16, 18 ; IX, V, 47 ; IX, 6,35 ; X, I, 7 ; X, V, 38 ; XI, 10, 114, 116, 118, 125-126, 160-162, 165, 167, 203, 206, 283 ; (?), (?) a, 36, 37, 39, 40 ; (?), III b, 11 ; (?),(?) d, 44 ;(?),(?) g, 12, 18, 19, 20 ; (?), (?) j, 3, 14. Leur nature : II, IV, 34 ; IV, II, 18, 21, 22 : VI, 21-79, 80-114, 174-177 ; IX, II, 14 ; X, I, 7, X, II, b, 23 ; XI, 97-108. 114-115, 116, 117-127,160-162, 167-170, 171-175 ; 186-194 ; (?), (?) a, 37-40 ; (?), III b, 11-12.

Leur constitution familiale et hiérarchique : III, III, 10 ; IV, III, 49 ; VI, 82-83, 212 ; IX, III, 3-5 ; X, VI, 36-39 ; XI, 7, 13-14, 15, 120-121, 195-190 ; XII, (?) b, 44 ; (?), (?) a, 40 ; (?), III b, 25 ; (?), (?) g, 20.

Leur action par intervention directe : II, II, 18, 29-35 ; III, IV, 28-43 ; IV, II, 10-18, 20 ; IV, V, 1-6 ; IV, (?) c, 12 ; VI, 21-79 ; IX, II, 18 ; XI, 21-31, 36-47, 87-88, 90-91 ; XI b, 1-11, 12-18 ; (?), III b, 17.

Leur action indirecte par les songes : II, V, 21-31 ; II, VI, 19,20-29, VI ; III, III, 12-23 ; IV, (?) b, 32-36, 37-42, 49, (Cf. IV,(?) c, 1) ; IV, (?) c, 13-21, 22 ; VI, 209-212 ; VIII, VI, 19, 20 : IX, I, 13 : IX, II, 16 ; X, V b, 16 ; XI, 195-196 ; (?), (?) g, 15.

27. Sur les démons : II, V, 9 ; VI, 93 ; VIII, I, 22 ; X, V, 3, 40, 42X, V b, 24 ; XI, 245 ; XII, 1, 19, 21 ; XII, II, 24, 25, 29, 30 ; XII, III, 2, 3, 6, 7, 9, 10, 17, 48 ; XII, VI, 8, 9 ; (?), III b, 13-14 ; (?), (?) f, 11.

28. Sur l'homme, son origine : II, II,30-35 ; XI, 20-22.

Sa destinée : X, II b, 11, 12-14 ; X, III 29, 30-31 ; X, V, 20, 2122 ; XI, 20-22,119,134,197-205, 284-286,295-299, 303-306, 310-314 ; XII, I, 28-31 ; XII, II, 19-22. 23 ; XII, III, 1, 8, 23, 27 ; XII, IV, 1-13 ; XII, VI, 1-10, XII, (?) a, 8 ; XII, (?) b, 27-50.

Sa situation vis à vis des démons : II, 1,12 ; VIII, VI, 21-27 ; IX, II, 16 ; X, I, 6-8 ; X, VI, 35 ; XI, 206-271.

Son attitude vis à vis des dieux : II, II, 16-18, 20-29 ; IV, I, 43 ; 49 ; IV, II, 40-22 ; VI. 22-79, 178 183 ; IX, I, 10-14 ; XI. 8-205 ; XII, n. 15-27, 28-111,5 ; XII, III, 6-11, 17-20, 21-25 ; (?), (?) c, 46-48.

Sa position en face des géants, des monstres et des fauves : II, V, 1 ; II, V, 9 ; IV-V ; VI, 120-193 ; IX, I, 8-27 ; IX, H, 1-24 ; X, V, 3.

29. Sur le culte purement extérieur : II, I, 10 ; II, II, 22 ; II, IV, 36-37, 44 ; III, III, 9 ; III, IV, 30 ; IV, I, 22-23, 27-28 ; IV, II, 3-5, 7 ; V, I, 6 ; VI, 10-14, 27, 46-47, 175, 184-185, 102-193 ; XI, 75, 76. 164, 325, 327, 328 ; XII, I, 13 ; XII, II, 28 ; (?), III b, 23.

Sur les hommages et prières : II, II, 16-17, 20-28 ; IV, 1,13-19 ; IV, II, 10-22 ; VI, 15-16, 72 ; IX, I, 10-14 ; X, VI, 36 ; XII, II, 15-27, 28-III, 5 ; XII, III, 6-11, 17-20, 21-25 ; (?), (?) c, 46-48 ; (?), (?) g, 18.

30. Sur les hommages et prières : II, II, 16-17, 20-28 ; IV, 1,13-19 ; IV, II, 10-22 ; VI, 15-16, 72 ; IX, I, 10-14 ; X, VI, 36 ; XII, II, 15-27, 28-III, 5 ; XII, III, 6-11, 17-20, 21-25 ; (?), (?) c, 46-48 ; (?), (?) g, 18.

CARACTÈRES PARTICULIERS

I. - LES DIEUX

Bien que les dieux multiples, dont l'ensemble constitue le panthéon babylonien, soient organisés en une société savante de dieux supérieurs et inférieurs, il n'est pas toujours facile d'assigner à chacun son rang dans la hiérarchie. Aussi avons-nous préféré, pour plus de clarté, les classer, suivant le domaine même où s'exerce leur action, en divinités célestes, divinités terrestres ou marines, divinités atmosphériques et divinités infernales, réservant seulement pour la fin, certaines divinités secondaires, dont la place dans telle ou toile catégorie ne se laisse pas aisément deviner. Pour établir une telle classification, nous n'avons tenu compte que des traits, qui servent à représenter les dieux dans l'épopée de Gilgamesh, et nullement des caractères, qu'ils peuvent avoir revêtu dans une théologie postérieure. Ceci est une simple monographie sur les dieux, tels qu'ils nous apparaissent d'après un antique document.

Parmi les divinités célestes, Anu et Antu[1] occupent le premier rang. De leur union, est issue la déesse Ishtar. Le couple divin habite le sommet du ciel. Anu est regardé comme le père des dieux. Il est l'auteur de la vie et de l'intelligence. Il ordonne, en effet, à la déesse Aruru de créer Enkidu, son serviteur[2], et, lui-même, crée de ses propres mains le taureau céleste ; il inspire, en outre, à Gilgamesh, l'esprit de sagesse. D'humeur débonnaire, puisque, sur la prière des gens d'Uruk, il procure à Gilgamesh un compagnon, il est faible, seulement, et ne sait pas résister aux caprices de sa fille, Ishtar. Anu était à Uruk l'objet d'un culte particulier. Dans cette ville, son séjour favori, son sanctuaire préféré, il possédait un verger, auquel un maître jardinier était spécialement préposé. Quant à la déesse Antu, on ne la séparait pas, sans doute, de son mari, dans les honneurs qui lui étaient rendus. Mais elle paraît, en outre, avoir été honorée dans l'antique Surippak.

Ishtar[3], désignée aussi sous le nom de Nana, la fille d'Anu et d'Antu, est la déesse de la guerre. Mais elle apparaît, avant tout, comme la Vénus babylonienne : une déesse fantasque, unissant en elle tous les contrastes, à la fois tendre et cruelle, accessible à la colère comme à la pitié. Ainsi, voyons-nous cette déesse, qui, déjà, s'était éprise tour à tour de Tammuz, le bel adolescent, d'un oiseau aux vives couleurs, d'un lion superbe, d'un cheval fringant, d'un maître berger et du jardinier de son père, concevoir tout d'un coup une folle passion pour Gilgamesh, vainqueur de Humbaba. Or, celui-ci l'ayant refusée, non sans lui reprocher hautement les raffinements et les cruautés, dont avait usé sa volupté savante envers ses nombreux amants, de colère, elle suscita contre Gilgamesh, et Enkidu le taureau céleste, et, après la victoire des deux héros sur le monstre, éclata contre eux en violentes imprécations, qui lui attirèrent, de la part d'Enkidu, une vive riposte. Cette même déesse, qui causa en partie le déluge, pour avoir médit des hommes dans l'assemblée des dieux, par un retour subit, se prend à pleurer sur la pauvre humanité détruite, et, toute repentante, prononce son *mea-culpa*, d'une voix si plaintive, que les dieux et les Anunnaki eux-mêmes en sont attendris.

Ishtar était déjà honorée, sans doute, dans l'antique Surippak, mais, le centre principal de son culte, paraît avoir été Uruk. Cette cité était la demeure de son choix, son sanctuaire de prédilection, où, à certains jours de fête, elle faisait son entrée solennelle, assise sur un char de triomphe, tout étincelant d'or, de pierreries et de diamants, attelé de grands mulets blancs. Elle possédait là un temple magnifique, entouré de jardins et de bosquets, servi par un collège de prêtresses, les Harimtu et les Samhat. Elle y avait aussi de nombreux dévots, qui lui apportaient, avec leurs hommages, le tribut de leurs offrandes, de l'encens, des fruits exquis et de grasses victimes.

Mais, malgré tous les égards dont elle était l'objet, la bonne déesse avait à souffrir certaines irrévérences, de la part de ses adorateurs. De bonne heure, elle était tombée au rang des divinités familières. On sent, à travers notre poème, que la malice populaire commençait à s'égayer à ses dépens. Déjà, sa légende touchait de près à la parodie.

Au-dessous de cette triade suprême, se place Samas[4]. Ce dieu, par un singulier mélange, revêt à la fois une nature physique et un caractère moral. Dieu-Soleil, qui, tous les jours, franchit l'Océan, et fixe le signe avant-coureur du déluge, il est en même temps le dieu vengeur de l'iniquité. Il nous apparaît comme l'inspirateur et le protecteur naturel de Gilgamesh. C'est lui, qui achève de concilier à Gilgamesh l'amitié d'Enkidu, c'est lui encore, qui souffle au héros sa haine contre Humbaba. En retour les deux amis l'honorent de leurs libations et de leurs sacrifices.

Comme Samas, Sin[5], le dieu-lune paraît avoir été propice à Gilgamesh. C'est à lui, en effet, que le héros s'adresse, alors que, de nuit, inopinément, il se trouve face à face avec des lions, aux abords de la montagne, et encore, lorsqu'il souhaite de voir Enkidu revenir un instant à la lumière.

Bel[6], la grande divinité de la terre fait pendant à Éa[7], la grande divinité de la mer. Le rôle attribué à ces dieux, dans notre poème, est similaire, quoiqu'en partie opposé. L'un et l'autre se montrent d'abord favorables à Gilgamesh et lui soufflent l'esprit de divination. Seulement, au jour où Gilgamesh, poussé par Samas, entre en expédition contre Humbaba, celui que Bel a préposé à la garde de la forêt de cèdres, ce dieu se retourne contre le héros. Aussi, plus tard, lorsque Gilgamesh, de retour de son long voyage, supplie tour à tour Bel et Éa, de ramener des enfers sur la terre Enkidu, le dieu Bel, qui lui avait gardé rancune, ne daigne pas seulement répondre, tandis que Éa, qui n'avait pas les mêmes raisons de lui en vouloir, sans toutefois lui accorder sa demande, l'écoute sans doute avec bienveillance. Mais, c'est surtout dans le récit du déluge, que s'accusent la similitude et l'opposition de leurs rôles respectifs. Bel, le conseiller des dieux, le guerrier, est l'ennemi déclaré de l'humanité, qu'il veut exterminer toute entière. Éa, au contraire, le dieu de la sagesse, le héraut, en est le défenseur attitré, en la personne de Uta-Napishtim, qu'il sauve du déluge, sur un vaisseau, dont il a tracé lui-même le plan. Aussi, Uta-Napishtim, dans le sacrifice d'action de grâces qu'il offre sur la montagne, après le déluge, convoque-t-il tous les dieux, à l'exception de Bel. De même, voyons-nous Bel, irrité tout d'abord, à la vue du vaisseau échappé au déluge, ensuite calmé, par les discours artificieux d'Éa, bénir Uta-Napishtim et l'élever au rang des dieux. D'un bout à l'autre du récit, Bel est aux prises avec Éa, la force brutale avec la sagesse rusée, qui finit par triompher.

Le dieu Éa paraît avoir eu son complément dans la déesse Siduri Sabitum[8], la reine de la mer. Préposée à la porte de l'Océan, elle la ferme d'abord, à la vue de Gilgamesh qui approche, puis, finit par l'ouvrir sur ses instances.

Entre ciel et terre, sont suspendues les divinités atmosphériques, que l'on voit s'avancer, toutes à la fois, dans les airs, aux jours d'orage : Nabu[9] et Marduk[10], ouvrant la marche, Ramman[11] brandissant le tonnerre au sein d'un nuage et dépêchant au ciel ses émissaires, introducteurs de ténèbres, Ninurta[12] et Nergal, ministres et exécuteurs des grands dieux, allant à travers la plaine, balayant tout devant eux.

Avec Nergal[13], nous sommes transportés parmi les divinités infernales. Nergal, en effet, désigné aussi à un endroit sous le nom d'Irkalla, est non-seulement le dieu de l'orage, mais encore le souverain des enfers, dont il se partage la domination avec la déesse Allat[14], laquelle se confondait, sans doute, avec la sombre, la noire mère, la déesse Nin-a zu[15], la ténébreuse, au visage voilé et à la poitrine de taureau. Seul, parmi les dieux, Nergal peut entrouvrir la terre et exaucer la prière de Gilgamesh, qui désire revoir l'ombre d'Enkidu. Il est aussi le dieu de la mort, qui s'avance, impitoyable, à travers la contrée, escorté d'auxiliaires redoutables. Dans les enfers, à côté de Nergal et d'Allat, se trouvaient encore d'autres dieux, Etana[16], Ner[17], qui nous est donné ailleurs comme une divinité champêtre, et aussi, sans doute, Tammuz[18], le premier amant et la première victime d'Ishtar, en l'honneur duquel se célébrait régulièrement un funèbre anniversaire.

Parmi cette multitude de dieux, nous voyons figurer encore, dans notre épopée, d'autres divinités secondaires, mâles et femelles : Nirba[19], à la chevelure ondoyante, le dieu du Zénith[20], Irnini[21], l'habitant de la forêt de cèdres, le dieu de Marad[22], le patron de Gilgamesh, le pitoyable Nin-gul[23], la grande déesse Aruru[24] créatrice d'Enkidu, sans doute aussi mère de Gilgamesh, sage conseillère, qui paraît avoir eu un temple superbe comme un palais, orné d'une statue magnifique, la puissante Malkat[25], Isbara[26], Silili[27], la mère du cheval que rendit fourbu, dans son intempérance de passion, la reine Ishtar. À côté de ces divinités, caractérisées d'un seul trait, nous en voyons encore apparaître d'autres, représentées par un nom ou même par un chiffre[28].

Au-dessous de ces divinités supérieures et secondaires prennent place les génies : les Igigi[29], génies du ciel, à l'humeur colère, les Anunnaki[30], génies de la terre, lançant des éclairs dans l'orage, décidant de la vie et de la mort avec les grands dieux, et Mammit[31], la maîtresse du destin, à la fois durs et pitoyables, les grands génies de la nuit[32] et les génies de la cité[33].

II. - -LES HÉROS

Gilgamesh[34], dont le nom est transcrit en signes idéographiques *Is-tubar*, apparaît d'abord, dans le poème, comme le personnage principal, qui est présent à tous les événements, auquel est suspendue toute l'action. C'est aussi le seul caractère qui offre un certain développement régulier. Ce n'est pas à dire qu'il faille s'attendre à rencontrer ici l'analyse savante d'une âme, où se découvrent une idée et une volonté toujours les mêmes à travers les diverses situations, où la foule tumultueuse des sentiments est commandée par une passion maîtresse. Tout au plus pouvons-nous prétendre à y trouver la simple histoire d'un cœur, où se manifestent des idées et des volontés successives, qui se révèle par à-coup, au fur et à mesure des circonstances. La règle classique,

> *Servelur ad imum*
> *Qualis ab incepto processerit et sibi constet,*

resta toujours inconnue au génie oriental. Ils ne surent point ces vieux mages, comme les poètes grecs, créer des caractères, grouper des éléments multiples en une harmonieuse unité, mais seulement les juxtaposer et les répartir, pour ainsi dire, par tranches. Aussi, pour saisir dans son relief le caractère de Gilgamesh, n'avons-nous qu'à étudier une à une ses manifestations, au cours des diverses péripéties de l'action.

Gilgamesh paraît être originaire de Marad, ville de la basse Chaldée. Il appartient à la race des demi-dieux. Dieu humanisé ou bien héros divinisé ? Nous ne saurions le déterminer avec certitude. Toutefois, nous inclinons à croire que Gilgamesh est un dieu tombé au rang des héros. Si l'on considère, en effet, que Gilgamesh, en même temps qu'il représente l'action solaire, est un personnage historique et un type idéal, on se trouve amené à penser qu'un tel caractère a été créé, suivant cette tendance naturelle de l'esprit, qui porta les primitifs à personnifier les forces de la nature, à transformer des faits physiques en des êtres réels et moraux. Ainsi s'expliquerait la présence, dans une création unique, d'éléments aussi disparates. Quoi qu'il en soit, la filiation divine de Gilgamesh est bien authentique. Il était issu d'un père demeuré inconnu et d'une déesse, « sage et connaissant toutes choses, » sans doute Aruru, la même qui créa de ses propres mains Enkidu. Par ses ancêtres, il se rattachait à Uta-Napishtim, le héros sauvé du déluge, élevé par un privilège spécial au rang des dieux.

Son extérieur était bien d'ailleurs celui d'un demi-dieu. *Incessu patuit...* D'une part, on le figure beau et fort comme un dieu. Il était en effet superbe à voir, ce dominateur d'hommes, fort comme un buffle, dans son équipement de guerrier, ceint de la hache et du glaive, portant en main la *zukat*, qui lui sert d'attribut, ou dans son costume de parade, avec ses armes et sa cuirasse étincelantes, sa blanche tunique serrée au corps et sa tiare ornée de brides riches. D'autre part, on le représente faible comme un homme. Son visage, ainsi que toute son attitude, trahissaient les moindres émotions de son âme, ses joies et ses souffrances. Sujet à maladie, d'ailleurs, comme le dernier des mortels, on le vit, tout couvert de lèpre, traîner un corps délabré vers les îles lointaines, en quête du remède souverain.

Un tel héros se présente à nous, dès l'abord, comme une sorte de tyran, voluptueux et capricieux à la fois, tournant sa puissance au profit de ses passions. Il promène sa fantaisie, d'une allure souveraine, à travers la ville d'Uruk, sur tous ses sujets, hommes et femmes indistinctement, se faisant redouter également des pères, des mères et des maris. Mais ce goût effréné du plaisir n'était point, chez lui, signe de mollesse, mais plutôt d'un excès de force. Aussitôt, en effet, que les dieux, à la prière des habitants d'Uruk, lui ont donné un compagnon d'armes, il se révèle comme un redoutable *guerroyeur*. Personne ne saurait lui résister : tour à tour, il fait la conquête d'Enkidu, l'homme-taureau et triomphe de Humbaba, l'Elamite, du taureau céleste, des lions. L'homme voluptueux a disparu, le héros seul reste. La déesse Ishtar, ayant conçu une folle passion pour Gilgamesh, après la victoire du héros sur Humbaba, celui-ci repousse dédaigneusement ses propositions, et, dans un suprême effort, triomphe même de l'amour.

Ces exploits ne sont point, comme on pourrait le croire, un simple déploiement de force physique, mais déjà une vraie manifestation de valeur morale. Ce vainqueur de géants, ce dompteur de monstres, ce tueur de lions est mû par des motifs élevés. Il apparaît comme un instrument, dont les dieux se servent pour civiliser l'humanité barbare, pour purger la terre et extirper le mal. Gilgamesh ne nous est-il pas donné, en effet, dans la conquête qu'il fait d'Enkidu, l'homme-taureau, comme le favori de Samas, et, dans la victoire qu'il remporte sur Humbaba, comme son représentant chargé de venger en son nom l'iniquité ? Ainsi tient-il, par une sorte de cumulation, le double rôle de bienfaiteur et de justicier. Ces traits, déjà fortement marqués dans notre épopée, se sont accusés encore dans certaines œuvres d'un caractère plus particulièrement religieux, comme l'*Hymne à Gilgamesh*, où le héros est invoqué, comme un dieu guérisseur, contre toute espèce de maladie, et même, semblent s'être imprimés profondément, jusque dans le nom hiératique *Is-tu-bar*, qui servait à le désigner. C'est là le côté attachant d'un tel personnage, ce qui donne à ce type son véritable sens.

Mais, en outre, ce guerrier invincible est doublé d'un voyageur intrépide. Gilgamesh joint, au courage d'Achille, les ressources d'Ulysse. Frappé au cœur par la perte d'un ami, qu'il a vu succomber sous ses yeux, se sentant d'ailleurs atteint lui-même d'un mal étrange, il entreprend un lointain voyage. Ayant franchi d'abord les portes du soleil, gardées par les hommes-scorpions, et traversé l'immense région de la nuit, il se trouve tout d'un coup parmi des jardins enchantés, au bord de la mer, le vaste domaine de la déesse Sabit. Ensuite, s'étant embarqué, il vogue, en compagnie du pilote Amel-Éa, à travers l'Océan et les eaux de la mort. Il parvient enfin à l'île mystérieuse de Uta-Napishtim, où croît l'arbre de vie. Mais une cruelle déception lui était réservée à son retour. Il se vit ravir, hélas ! par un serpent, cette plante de vie, qu'un instant il avait tenue dans ses mains. Ainsi ses efforts étaient vains et inutiles, de même ses recherches...

Ici encore, Gilgamesh n'agit point par simple goût d'aventure, mais il poursuit des vues supérieures. Sans doute, en entreprenant un aussi lointain voyage, il désire, avant tout, obtenir sa guérison, mais, de plus, il veut surprendre le secret d'immortalité, cueillir le fruit de l'arbre de vie. Arriver au bonheur par la science, tel est le but de ses rêves. Gilgamesh est un dieu souffrant, entêté de chimères infinies.

Après Gilgamesh, le personnage le plus important est Enkidu[35]. Comme lui, il est de la race des demi-dieux. Aruru, la grande déesse, le façonna de ses mains, à la requête des gens d'Uruk, avec de l'argile. On le qualifie, au cours du poème, de rejeton illustre, serviteur d'Anu, suivant de Ninurta, même, on le compare quelque part à une étoile tombé e du ciel. La déesse Aruru l'avait pétri d'étrange sorte. Enkidu, en effet, est un être singulier, fait de tous les contrastes, une sorte de monstre. Sa physionomie tient à la fois de celle de l'animal, de l'homme et du dieu. Toute sa personne offre un mélange bizarre de beauté et de laideur, de force et de faiblesse. D'aspect inculte, il vivait à la façon d'un sauvage. On le dépeint, en effet, sous les traits d'un mâle vigoureux, au corps velu, à la chevelure flottante, à la mise rustique, qui prenait un plaisir extrême à courir par monts et par vaux et à vivre parmi les bêtes. Un véritable enfant de la montagne, nature forte et faible à la fois, capable d'ardeurs et de défaillances.

La vie d'Enkidu va comme de pair avec celle de Gilgamesh. Elle est remplie par les mêmes exploits, dirigée toute entière vers le même but idéal. Nous voyons, en effet, Enkidu, une fois subjugué par Gilgamesh, accompagner le héros dans ses diverses expéditions, se mêler activement à ses luttes contre Humbaba, Ishtar et le taureau céleste, jusqu'au jour où il succomba à une mort prématurée.

Nous n'aurions qu'une idée incomplète des caractères de Gilgamesh et d'Enkidu, si nous ne rappelions ici l'étroite amitié[36] qui unit les deux héros. Un sentiment, aussi fort que l'était l'amitié en ces âmes antiques, pouvait seul leur donner la force d'accomplir de tels travaux. Il ne faut donc point s'étonner, si ce sentiment absorbe à lui seul toute l'action, s'il en régit la marche et en commande les diverses parties. Notre poème se trouve divisé, suivant les vicissitudes mêmes que subit l'amitié de ces héros, en deux parties, dont l'une, est remplie par la présence de l'ami, l'autre, toute imprégnée encore de son souvenir. Joies et regrets de l'amitié, c'est là tout le poème.

Autour de Gilgamesh et d'Enkidu, viennent se grouper des personnages secondaires : Zaïdu, Harimtu et Samhat, Humbaba, Amel-Éa, Uta-Napishtim et sa femme.

Zaïdu[37] est un type de chasseur. Sa réputation sur ce point était si bien établie, qu'on l'avait surnommé « le destructeur ». Seigneur incontesté de la montagne et de la plaine, dès longtemps, déjà, il tendait ses filets et creusait des fossés tout à loisir, lorsqu'un jour, s'étant trouvé tout d'un coup face à face avec le monstre Enkidu, il dut rentrer vitement en son gîte. Apeuré à la suite d'une telle rencontre, jaloux, d'ailleurs, de voir un intrus chasser sur ses terres, il s'en vint se plaindre et demander conseil auprès de son père et de Gilgamesh, qui, d'un commun accord, lui conseillèrent de chercher à capter Enkidu, en s'aidant de Harimtu et de Samhat[38]. Ce qui fut fait : les deux courtisanes, d'après les indications de Zaïdu, ayant abordé le monstre, s'acquittèrent si bien de leur rôle, celle-ci provocante, celle-là insinuante, elles firent à Enkidu si douce violence, qu'il se laissa enjôler, et, quittant là ses bêtes, se rendit avec elles à Uruk, auprès de Gilgamesh.

Une fois qu'ils eurent été ainsi rapprochés par les artifices de deux femmes, Gilgamesh et Enkidu rencontrèrent un adversaire redoutable en Humbaba[39]. Ce chef élamite, retranché dans la forêt de cèdres, était d'un abord difficile. D'aspect farouche, d'ailleurs, son rugissement, disait-on, était pareil à celui de la tempête et son haleine empestée soufflait la mort. Représentant du dieu Bel, il semble avoir été regardé, en outre, comme une personnification du mal. À la suite d'une expédition périlleuse, Gilgamesh et Enkidu, étant parvenus à se rendre maîtres de Humbaba, lui tranchèrent la tête.

Après la mort d'Enkidu, Gilgamesh, au cours de son voyage, rencontre Amel-Éa[40]. Ce personnage n'apparaît pas, dans notre poème, sous des traits bien distincts. Il est pour nous simplement le pilote de Uta-Napishtim. Matelot expérimenté, d'ailleurs, puisqu'il fait en trois jours le chemin de trente-cinq jours, connaissant à fond ces parages mystérieux de l'Océan et des eaux de la mort, à l'occasion, capable d'un sage conseil et prêt à tous les bons offices.

Quant à Uta-Napishtim et à sa femme[41], leur physionomie reste pour nous aussi indécise que celle d'Amel-Éa. Nous savons seulement qu'ils gardaient une apparence d'éternelle jeunesse. Nous sommes mieux renseignés sur leur histoire. Uta-Napishtim, désigné aussi sous le nom d'Atrahasis était originaire de Surippak et fils de Ubara-Marduk. À la suite du déluge, auquel il n'avait échappé avec sa femme que par miracle, grâce à l'intervention du dieu Éa, ils furent élevés tous deux au rang des dieux et transportés au loin, à la bouche des fleuves, dans l'île mystérieuse où croît l'arbre de vie. C'est là que vint les trouver Gilgamesh, leur petit-fils, sous la conduite d'Amel-Éa. De nature pitoyable, Uta-Napishtim et sa femme, après l'avoir guéri, lui firent part de cet arbre de vie, qui l'aurait rendu lui aussi immortel, si, chemin faisant, un serpent ne le lui avait dérobé.

À côté de ces divers personnages, principaux ou secondaires, il faut au moins mentionner ici les monstres, tels que le taureau céleste[42] et les hommes-scorpions[43], êtres vivants et agissants, constituant, dans notre poème, de vraies personnalités.

III. - LA COMPOSITION ET LE STYLE.

Si l'on compare l'épopée de Gilgamesh aux œuvres poétiques analogues que nous a léguées l'antiquité, elle nous frappe d'abord par sa brièveté relative. Elle est incomparablement moins prolixe que les vastes épopées de l'Inde, plus courte même que l'Iliade et l'Odyssée[44]. Elle comprend en tout douze tablettes, dont chacune, divisée en six colonnes, contient de deux cents à trois cents vers[45]. Cette brièveté ne provient pas, comme on pourrait le croire, de la pauvreté d'invention ou de la sécheresse des développements, elle dénote déjà, au contraire, dans le poète qui composa une telle œuvre, comme dans le public auquel elle était destinée, un certain sens de la mesure.

Ce goût de la proportion se manifeste également dans les divisions générales de l'épopée et jusque dans les divers épisodes. Notre poème, en effet, se trouve partagé en deux parties à peu près égales par la mort d'Enkidu, qui, placée au centre même de l'action, clôt le cycle des exploits et ouvre la série des voyages. Ainsi, d'un côté, des chants héroïques constituant une sorte d'Iliade, de l'autre, un roman d'aventures formant une manière d'Odyssée. On dirait un immense bas-relief distribué eu deux larges panneaux, où seraient dépeintes des scènes de combat vis-à-vis de paysages variés. Chaque morceau, d'ailleurs, bien délimité et en harmonie avec l'ensemble.

L'épopée de Gilgamesh ne se laisse pas, en effet, aisément embrasser d'un seul coup d'œil. On ne peut la saisir dans son ensemble que d'une vue successive, en promenant, pour ainsi dire, alternativement ses regards sur deux plans. Il en résulte qu'elle n'offre pas la belle unité des œuvres classiques. L'esprit oriental usa, dès ses débuts, de cette libre manière des conteurs dont il ne se départit jamais. Il ne sut, en aucun temps, s'astreindre à cette rigueur logique, qui fait les œuvres savamment ordonnées. Le *simplex dumtaxat et unum* est la découverte propre du génie grec. Ce n'est pas à dire cependant que, dans notre poème, l'unité fasse absolument défaut. L'amitié de Gilgamesh et d'Enkidu établit une liaison et sert comme de point d'attache entre les deux parties. Elle est l'âme même de l'action. Tout s'explique, en effet, par la présence ou l'absence de l'ami. Gilgamesh n'accomplit d'abord d'aussi grands exploits, que parce qu'Enkidu est à ses côtés, il n'entreprend ensuite un aussi long voyage, que parce qu'il est séparé de lui. Cette amitié nouée entre les deux héros est le fil ténu, qui relie les uns aux autres les divers épisodes dont se compose le poème, depuis l'entrée en scène d'Enkidu, jusqu'au moment suprême de son évocation.

Entre ces deux points extrêmes, se déroulent des tableaux variés. Au premier pian, des scènes mouvementées et pleines de vie, empreintes à la fois de grandeur et de familiarité : l'amitié de Gilgamesh et d'Enkidu, l'expédition contre Humbaba, l'amour et la vengeance d'Ishtar, la lutte contre le taureau céleste et contre les lions. Au second plan, un défilé de paysages, aux contours indécis, sur le fond desquels se détachent en relief des personnages fabuleux : les portes du soleil et les hommes-scorpions, la région de la nuit et les jardins enchantés, l'Océan, la déesse Sabit et le pilote Amel-Éa, les eaux de la mort, l'île lointaine habitée par Uta-Napishtim, enfin une échappée sur les enfers.

Mais une telle variété n'est-elle pas plus extérieure que profonde ? Ne résulte-t-elle pas de la diversité des événements plutôt que de l'originalité de l'invention ? On serait tout d'abord tenté de le croire, mais, à y regarder de plus près, on s'aperçoit bien vite qu'elle tient au fond même du récit.

Dans cette épopée, en effet, le récit offre un ensemble de qualités, qui, par leur mélange, forment une contexture riche et variée.

Une qualité qui frappe d'abord, est la clarté du récit. L'auteur de ce poème posséda, à un haut degré, le don de vision. Placé en regard des choses extérieures, il les réfléchit en images lumineuses. Toutefois, il ne reproduit point les objets, d'une manière absolument passive, à la façon d'un miroir. Il semble bien qu'il ait eu la conscience nette que l'art est un choix. Aussi s'attache-t-il à rendre les choses, non point dans leur masse confuse et indistincte, mais plutôt dans leurs traits essentiels, avec leurs contours définis. Il use dans le choix des détails d'une discrétion, qui est déjà, chez lui, la marque d'un véritable goût. C'est un poète objectif, mais nullement réaliste.

Une qualité non moins frappante que la clarté, est la grandeur merveilleuse du récit. L'auteur de ce poème eut, avec le don de vision, une rare puissance d'imagination. Dans le lointain du temps et de l'espace, où se déroulent les événements qu'il raconte, il entrevoit les hommes et les choses, comme à travers un miroir grossissant. Toutefois, les objets, dans cet éloignement, lui apparaissent agrandis, mais non déformés. Son imagination, en effet, est toute pénétrée de raison et garde, jusque dans ses plus libres fantaisies, le sens de la mesure. Certaines de ses créations, il est vrai, nous semblent aujourd'hui étranges et disproportionnées. Mais il ne faut pas perdre de vue que ces images ont été, un moment, l'expression de la réalité. C'est ainsi que la représentation d'un monde fantastique, tel qu'il nous apparaît dans ce poème, a été pour ces anciens hommes le système scientifique de l'univers, et que des monstres, tels que le taureau céleste et les hommes-scorpions, n'ont été sans doute pour eux que la personnification d'une conception astronomique. Cette grandeur est, d'ailleurs, tempérée par un vif sentiment de la faiblesse humaine. Dans ce poème, les héros sentent et souffrent comme nous. Ne voyons-nous pas Gilgamesh pleurer comme un enfant, sur le sort malheureux d'Enkidu et trembler à la seule pensée de la mort ?

Si, de cette vue d'ensemble, nous passions à l'examen des détails, nous retrouverions dans les différentes parties du récit, descriptions, comparaisons, discours, les mêmes qualités de clarté et de grandeur réunies. Parmi les descriptions, en effet, les unes sont calmes et unies, les autres, vives et colorées. Il en est de même pour les comparaisons. Parfois nobles et un peu vagues, le plus souvent elles sont familières et expressives. Enfin les discours placés, dans la bouche des divers personnages, sont tour à tour d'une grande simplicité ou d'une haute élévation.

Ces qualités de clarté et de grandeur se trouvent inégalement réparties dans le poème. C'est, tantôt l'un, tantôt l'autre de ces éléments qui domine, suivant les circonstances.

De là, entre les divers chants, ces différences de ton, qui nous font passer successivement par toutes les gradations du style poétique, du mode le plus humble au mode le plus élevé. Qu'on relise, pour s'en rendre, compte, la description de l'orage, tel que le décrit Gilgamesh à Enkidu (IVe chant) :

> *Mon ami, j'ai eu un troisième songe.*
> *Or, le songe que j'ai eu est tout à fait effroyable.*
> *(J'ai entendu) le ciel gronder et la terre gémir,*
> *puis, le jour s'étant retiré, (j'ai vu) s'avancer les ténèbres,*
> *alors, l'éclair a brillé, la foudre a éclaté,*
> *...... a paru, une pluie meurtrière est tombée à verse,*
> *............ l'éclat, le feu a détruit,*
> *.......... sont tombés, s'est tourné en fumée,*
> *.......... né dans la plaine, ton seigneur est étendu.*

Qu'on place, maintenant, à côté de ce morceau, la peinture de l'orage qui amena le déluge (XIe chant) :

> *Aux premières lueurs de l'aube,*
> *du fond du ciel, s'éleva un noir nuage,*
> *au sein duquel tonnait Ramman.*
> *Nabu et Marduk ouvraient la marche.*
> *Les dieux justiciers allaient par monts et par vaux :*
> *Nergal arrachant [......],*
> *Ninurta chassant tout devant lui.*
> *Les Anunnaki, portant des flambeaux,*
> *ils éclairaient le pays de leurs feux.*
> *Les émissaires (?) de Ramman montèrent aux cieux.*

> *ils changèrent la lumière en ténèbres,*
> *......... la contrée comme .... ils couvrirent.*
> *Dès le premier jour, l'ouragan ....*
> *souffla violemment sur (?)....... la montagne.*
> *comme une armée rangée en bataille, fondit sur les hommes*
> > *.........................*
> *Le frère ne vit plus son frère,*
> *du ciel, on ne distingua plus les hommes.*
> *Les dieux, eux-mêmes, pris de peur à la vue du déluge,*
> *s'enfuirent et gagnèrent les hauteurs du ciel, demeure d'Anu.*
> *Les dieux, comme des chiens à l'attache, étaient accroupis dans*
> > *leur chenil, etc.*

Quoiqu'il en soit de ces inégalités de ton, c'est, précisément, du mélange de ce double élément de clarté et de grandeur, que résulte l'intérêt littéraire du poème. L'auteur de ce poème a bien vu la réalité, mais il la transforme en l'idéalisant. Ainsi a-t-il fait une œuvre vivante et humaine, résumant à la fois ce que nous sommes et ce que nous tendons à être, faite de nos expériences et de nos aspirations. Il faut avouer, toutefois, pour faire aux défauts leur part, que s'il a représenté la vie dans sa vérité, il ne l'a pas saisie pourtant dans son libre mouvement, mais plutôt dans dos poses un peu raides. L'imperfection de l'analyse et un certain manque de souplesse, l'ont empêché de la rendre dans sa fuyante complexité Cette œuvre est une copie d'après nature, mais traitée avec une certaine gaucherie. Ce n'est point ici une statue grecque, de l'époque de Périclès, aux membres déliés, transparaissant sous la tunique flottante, mais une statue chaldéenne, du temps de Gudea, à la forte musculature, effacée et comme écrasée sous la lourdeur des draperies.

IV. - L'ECRITURE, LA LANGUE ET LA VERSIFICATION.

L'écriture, employée dans la transcription de l'épopée de Gilgamesh, est l'écriture cursive ordinaire babylonienne et assyrienne. Assurbanipal, en effet, avait pris soin d'en faire rédiger plusieurs exemplaires, les uns, en caractères babyloniens, les autres, en caractères assyriens, sans doute pour les diverses catégories de lecteurs.

Le poème tout entier est conçu dans le dialecte babylonien, lequel diffère du dialecte ninivite, par la prédominance des consonnes douces (*b, d, z, g*), sur les consonnes fortes (*p, t, s, k*).

Quant à la versification, on chercherait vainement ici quelque chose, qui ressemblât de près ou de loin à la mesure et au rythme. Le poème se compose de versets coupés en général suivant le sens, dont l'ensemble constitue une sorte de récitatif. L'allure poétique est marquée par les répétitions, qui, tantôt, forment une simple reprise, tantôt, tombent en cadence, à la manière d'un refrain. On y trouve, en outre, des traces nombreuses de parallélisme, non de ce parallélisme savant, tel qu'on le rencontre chez les poètes hébreux, fondé sur la gradation et l'alternance habilement ménagées des idées et des mots, mais d'un parallélisme encore rudimentaire, consistant à peu près uniquement dans la répétition de la même pensée sous une forme différente. Voici, d'ailleurs, quelques exemples empruntés à la onzième tablette :

> *Je vais, Gilgamesh te découvrir le mystère,*
> *et te révéler le secret des dieux.*
>
> — XI, 9-10.

> *Argile, argile ; amas de poussière, amas de poussière !*
> *Argile, écoute ; amas de poussière, entends !*
>
> — XI, 21-22.

> *Le Dieu Bel m'a repoussé, il m'a rejeté ;*
> *aussi, je ne veux point séjourner dans votre ville,*
> *je ne veux point poser ma tête sur la terre de Bel.*
> *Je vais descendre vers la mer, et demeurer auprès d'Éa, mon*
>   *seigneur.*

— XI, 39-42.

> *Je m'affaissai et m'assis en pleurant,*
> *les larmes coulèrent sur mes joues.*

— XI, 137-138.

IV. L'ÉCRITURE, LA LANGUE ET LA VERSIFICATION.

Les tablettes, sur lesquelles se trouve inscrite l'épopée de Gilgamesh, faisaient partie de la bibliothèque d'Assurbanipal. Notre poème pourrait donc, à la rigueur, ne pas remonter au-delà de 650 av. J.-C. Mais un tel document n'est, nous le savons de source certaine, que la reproduction d'un document plus ancien. Assurbanipal, en effet, avait fait copier, par ses soins, l'épopée de Gilgamesh, en même temps que les principales œuvres littéraires, qui constituaient la richesse des villes sacerdotales de la Basse-Chaldée, pour en doter sa bibliothèque. Afin que personne n'en ignorât, et que la gloire lui en revînt dans la postérité la plus reculée, il avait fait graver au bas de chaque tablette la suscription suivante : « *Copie certifiée conforme au texte ancien. Propriété d'Assurbanipal, roi des légions, roi du pays d'Assur.* » C'était là une manière de garantir l'authenticité de l'œuvre et de s'en assurer la propriété. Or, malgré l'état fragmentaire dans lequel nous sont parvenues les tablettes, nous retrouvons à plusieurs endroits, conservée en tout ou en partie, une telle suscription.[46]

Ainsi, l'épopée de Gilgamesh dut être rédigée à une époque fort reculée, puisque déjà, au temps d'Assurbanipal, on attribuait à l'original une antiquité vénérable. Mais quelle est au juste la date de la composition d'un tel poème ? C'est là un problème de critique complexe et difficile à résoudre.

Il ne peut pas être question ici, évidemment, de fournir une date précise, mais seulement vague et oscillant entre plusieurs siècles. Même, en se mouvant dans d'aussi larges limites, la tâche n'en reste pas moins ardue. Toutefois, elle ne défie point, sans doute, les ressources d une critique sagace et minutieuse. À supposer, en effet, que nous ne possédions pas, sur le moment probable, où furent composés les poèmes homériques, le témoignage d'Hérodote, nous n'hésiterions pas, cependant, à y voir des œuvres de l'âge héroïque. Il en va de même, en ce qui concerne notre épopée. Si nous n'avions pas sur la haute antiquité du poème chaldéen le témoignage d'Assurbanipal, toutefois, nous y reconnaîtrions sans peine une œuvre des temps primitifs. Il ne peut venir à l'esprit de personne de placer l'épopée de Gilgamesh dans la période pleinement historique, pas plus qu'on ne saurait songer à faire descendre l'Iliade et l'Odyssée jusqu'à l'époque classique. L'examen du texte lui-même est ici la meilleure preuve et tout à fait convaincante.

À ne considérer d'abord que le système scientifique de l'univers, tel qu'il se trouve impliqué dans notre épopée, on se sent reporté tout d'un coup à une grande distance en arrière. La description de ce monde, confiné dans la vallée du Tigre et de l'Euphrate, limité à l'horizon par les montagnes du Soleil, entouré de toutes parts par le fleuve Océan, paraît bien avoir été calquée sur quelque mappemonde rudimentaire, œuvre des géographes primitifs. En tout cas, des conceptions si enfantines sont assurément fort anciennes.

Si, de cette vue d'ensemble sur l'univers, nous passons à l'examen du système astronomique en particulier, nous arrivons au même résultat. Ici, certains savants[47] ont essayé d'introduire un élément de précision dans le débat. Prenant comme point de départ la concordance, qui paraît exister entre le cycle des exploits de Gilgamesh et la révolution annuelle du soleil, s'appuyant en particulier sur les coïncidences remarquables, que l'on a cru saisir, dans notre poème, entre certains signes du zodiaque, tels que le Taureau, le Scorpion, le Verseau et l'équinoxe du printemps, l'équinoxe d'automne, le solstice d'hiver, ils ont cherché à établir une relation entre l'époque où eurent lieu ces phénomènes et la date de la composition de l'épopée. Or, on a pu vérifier, d'après des calculs astronomiques, que le passage du soleil dans la constellation zodiacale du Taureau a coïncidé avec l'équinoxe du printemps, plus de deux mille ans avant notre ère, comme limite inférieure. On a conclu de là que l'épopée de Gilgamesh, où se trouve noté un tel phénomène, doit remonter à peu près à la même époque.

Mais de telles preuves restent toujours un peu conjecturales. Une étude détaillée des éléments historiques et religieux, qui constituent le fonds du poème, semble devoir nous fournir des arguments moins contestables.

Dans la lutte de Gilgamesh contre Humbaba, on a cru reconnaître, ainsi que nous l'avons fait observer ailleurs, un souvenir de l'antique rivalité qui divisa la Chaldée et Elam. Or, cette vieille hostilité entre deux peuples voisins a laissé des traces dans les documents historiques qui nous ont été conservés. Ainsi voyons-nous, dans la liste des rois cités par Bérose[48], à la suite d'une dynastie mède ou élamite, qui se maintint durant plus de deux cents ans, à peine séparée d'elle par une série de onze rois de race inconnue, qui auraient régné près de cinquante ans, une dynastie chaldéenne, qui resta dominante pendant une période de quatre cent cinquante ans. De même, Assurbanipal, dans le récit qu'il nous a laissé de ses diverses expéditions[49], raconte qu'il ramena de Suze et réintégra solennellement dans le temple d'Anu, à Uruk, la statue de la déesse Nanâ, qui en avait été arrachée, 1635 ans auparavant, par Kudurnahunti, l'Elamite. Or, en combinant ce double témoignage, on a calculé que la chute de la puissance d'Uruk, causée par les Elamites, et en particulier par Kudurnahunti et sa restauration, accomplie par Gilgamesh, auraient eu lieu dans l'intervalle compris entre 2450 et 2250 avant J.-C. L'épopée de Gilgamesh, où se retrouve encore vivant le souvenir de tels événements, remonterait à peu près à la même époque[50]. Mais le plus sûr témoignage est sans doute ici celui du poème lui-même. À un endroit[51], se trouve mentionnée la ville de Surippak, comme la cité antique par excellence. Il est question, à un autre endroit[52], « des porteurs de couronnes qui, jadis, gouvernèrent la contrée. » En outre, la situation politique et sociale de la basse Chaldée, telle qu'elle est décrite dans notre poème, nous reporte par delà l'époque historique.

Quant au système religieux, on a fait remarquer[53], avec raison, qu'il était constitué, dès cette époque reculée, comme au temps de Nabonide, que déjà, dans l'épopée de Gilgamesh, se retrouve toute entière la double triade des dieux cosmiques et sidéraux : Anu, Bel et Éa, Samas, Sin et Ishtar. On ne saurait donc tirer de là un nouvel argument, en faveur de l'antiquité de notre poème. Tout au plus pourrait-on faire valoir, dans les divers caractères que l'on prête aux dieux, caractères tantôt physiques, tantôt zoomorphiques et anthropomorphiques, une certaine indécision, qui paraît appartenir à l'époque de transition, sans doute fort ancienne, où s'opérèrent de telles transformations.

Plus encore que le fonds d'idées mythologiques, l'écriture, la langue et la versification sont impuissantes à nous fournir un moyen de vérifier la date, même probable, de l'épopée. La copie que nous en possédons, a été transcrite, suivant le type ordinaire des caractères babyloniens et assyriens, par un scribe du temps d'Assurbanipal. On sait, en outre, que la langue assyro-babylonienne a persisté pendant quarante siècles presque sans subir de variations, de telle sorte que, dans l'état actuel de nos connaissances, la langue de Sargon d'Agadé et de Naram-Sin (vers 3.800 av. J.-C.) ne nous paraît pas différente de celle de Nabonide (538 av. J.-C.) C'est dire que, pour nous, la langue de l'épopée de Gilgamesh ressemble à toutes les deux à la fois, et pourrait, par suite, si l'on se fondait sur ce seul criterium, être regardée indifféremment comme une œuvre très ancienne ou relativement récente. Enfin, les règles de la versification, si tant est qu'il y en eût, sont trop inconnues pour que l'on essaye de fonder là-dessus un raisonnement solide.

De telles considérations et d'autres encore que l'on pourrait ajouter[54], assurent à l'épopée de Gilgamesh une antiquité vénérable. Tout, en effet, dans ce poème, nous transporte par-delà l'époque historique, telle qu'elle nous est connue par les annales des rois de Babel et d'Assur. La date de la composition d'une telle œuvre ne saurait être placée au-dessous de l'an 2.000 av. J.-C. et il est possible qu'elle doive être reportée encore plus haut. L'épopée de Gilgamesh est antérieure à l'époque de Moïse et sans doute aussi à celle d'Abraham[55].

1. Anu et Antu : II, II, 16-32, 33 ; II, III, 4, 31 ; II, IV, 36-37, 44 ; II, V, 22, 27-28 ; VI, 64, 82-86, 87-91, 92-100, 101-106, 107-114 ; XI, 15, 115, 163-164 ; (?), (?) g, 20.
2. Enkidu est qualifié à la fois de *kisir an-ninib* II, II, 35, et de *kis i sa an-anim* II, III, 4,31. Il semble, d'après cela, que l'on pourrait établir une équation entre Anu et Ninib (Ninurta). Cf. Alf. Jeremias : *Izdubar-Nimrod*, p. 46.
3. Ishtar : II, IV, 36-37, 44 ; VI, 6-21, 22-79, 80-81, 82-86, 87-91, 92-100, 101-106,107-114, 174-177, 178-183, 184-186 ; XI, 117-124, 325, 327,328 ; (?), III *b*, 17, 18-26. Cf. Alf. Jeremias : *Izdubar-Nimrod*, p. 57-66.
4. Samas : II, V, 21 ; III, IV, 29, 43 ; IV, II, 7-22 ; IV, (?) b, 4446 ; VI, 171-172 ; X, II b, 23 ; XI, 46-47, 76, 87-89 ; (?), (?) j, 8.
5. Sin : IX, I, 10 ; XII, III, 6-11 ; (?), III b, 26.
6. Bel : II, V, 22 ; IV, V, 1-6 ; V, II, 16 ; XI, 16, 39-41, 43-40, 167-170, 171-175, 176-179, 180-196,197-205 ; XII, II, 28 III, 5 ; (?), III b, 18-26.
7. Éa : II, V, 22 ; XI, 19-20, 21-31, 32-35, 36-47, 178-179,180-196 ; XI b, 1-11,12-18 ; XII, III, 17-20.
8. Siduri Sabitum : IX, VI, 30 ; X, I, 1-2, 9-16, 19-22 ; X, II b, 15-19, 20-31 ; X, V, 30.
9. Nabu : XI, 100.
10. Marduk : XI, 100.
11. Ramman : XI, 99 ; 106-108.
12. Ninib ; Ninurta: II, II, 35 (Voir plus haut, p. 320, not. 2) ; XI, 17, 101, 103, 176-179.
13. Nergal ou Irkalla : XI, 18, 101-102,194 ; XII, II, 25 ; XII, III,3, 10, 18, 21-25, 26-28 ; XII, (?) b, 29.
14. Allat : XII, (?) b, 46, 47.
15. Nin-a zu : XII, I, 28-31 ; XII, II, 19-22.
16. Etana : XII, (?) b, 45.
17. Ner : II, II, 38 ; XII, (?) b, 45.
18. Tammuz : VI, 46-47.
19. Nirba : II, II, 37.
20. *An-usan* : IV, II, 22.
21. Irnini : V, I, 6.
22. Le dieu de Marad : VI, 192.
23. *An-nin gul* : XII, II, 15-26, 27.
24. Aruru : II, II, 30-35 ; II, V, 25, 26 ; II, VI, 20, 26, 28, 29-36, 37 ; IV, I, 22-23, 24, 27-28 ; IV, II, 3-5 ; IV, III, 47 ; X, V, 39 ; (?), (?) c, 46-50.
25. *An-a-a* : IV, II, 20.
26. Isbara : IV, II, 44.
27. Silili : VI, 57.
28. Ainsi, le dieu bélier : III, III (?), 46 ; *An-da* : X, V, 44 ; la mère 7 : III, III, 10 ; les dieux *sanab* et *parap* : (?), (?) i, 21 et 25.
29. Igigi : XI, 173.
30. Anunnaki : IV, III, 4 ; X, V c, 42 ; X, VI, 36-39 ; XI, 104-105, 125.
31. Mammit : X, VI, 37-39.
32. *En-nun-mes sa mi* : IV, II, 21.
33. *sêdu* : (?), III b, 13-14.

34. Gilgamesh : 1° Ses origines : II, II, 30-32 ; II, V, 25-26 ; II, VI, 20, 26, 28, 29-36, 37 ; IV, I, 22-24, 27-28 ; IV, II, 3 5 ; IV, III, 47 ; VI, 192 ; IX, III, 3 ; X, V, 39 ; (?), (?) c, 49-60.

    2° Sa physionomie : II, II, 22, 26 ; II, IV, 39-40, 45-46 ; II, V, 14-15 ; IV, II, 45 ; IV, (?) a, 6 ; IV, (?) c, 6, 10-12 ; V, VI, 46 ; VI, 1-6 ; VIII, VI, 18 ; IX, 1,15-17 ; IX, II, 10-11, 13-15 ; X, I, 18 ; X, II, 4-5 ; X, II b, 30, 34 ; X, III, 2, 40, 44 ; X, IV, 17 ; X, V, 29 ; XI, 1-6, 206-280 ; XII, II, 29-30 ; XII, III, 6-7 ; (?), (?) i, 20, 22.

    3° Ses exploits : II, II-III ; VI ; IV-V ; VI ;X, V, 1-13, X, Vb,13-14. — Leur caractère physique et moral : II, V, 21 ; III, IV, 2844 ; IV, II, 7-18. Voir, en outre, l'*Hymne à Gilgamesh*. Quant au nom *an-is-tu-bar*, on peut le décomposer ainsi : *an* = « dieu », *is* (*gis*) = « homme » *tu-bar* — *saptu saplitum* II R 62, 69 ab c juge inférieur ». Il semble, d'après cela, qu'il faille le traduire : « demi-dieu juge d'ici-bas. » Cf. Jeremias : *Izdubar-Nimrod*, p. 5.

    4° Ses voyages : IX-XI. — Leur caractère physique et moral : II, I, 1-7 ; IX, I, 3-5 ; IX, VI, 38 ; X, II b, 11-14, 23 ; X, III, 4, 11,29-31 ; X, V, 20-22 ; X, VI, 42 ; XI, 206-316, 330. Cf. L'*Hymne à Gilgamesh*.

35. Enkidu : 1° Ses origines : II, II, 30-33 ; II, III ; 14, 20-31 ; II, V, 27-28.

    2° Sa physionomie : II, II, 36-41 ; II, III, 4-7, 31-34,51 ; II, IV, 1-7, 26-30, 34 ; IV, IV, 6-7, 11 ; IV, (?) a, 6 ; XII, 1,13-27 ; XII, II, 15-18 ; (?), (?) a, 34 ; (?), (?) e, 4 ; (?), (?) j, 10-13.

    3° Ses exploits : II, III-III, VI ; IV-V ; V ; X, V, 1-13 ; X, V b, 13-14.

    4° Sa mort : VIII, VI, 20-29 ; IX, I, 1-5 ; X, II b, 11-14 ; X, III, 29-31 ; X, V, 14, 20-22 ; XII, 1, 16-31 ; XII, II, 15-27 ; XII, III, 1-4 ; 8-11, 17-19.

36. Sur l'amitié de Gilgamesh et d'Enkidu, voir *passim*, d'un bout à l'autre du poème.
37. Zaïdu : II, II, 42-50 ; II, III ; II, IV, 8-15 ; XII, (?) a, 1-4.
38. Harimtu et Samhat : II, III, 49-24, 40-50 ; II, IV, 6-22, 30-47 ; II, VI, 27, 32 ; III, IV, 29 ; VI, 184-186 ; XII, (?) a, 5-23.
39. Humbaba : IV-V ; X, V, 10 ; X, V b, 14.
40. Amel-Éa : X, II b, 28-31, 48 ; X, III, 1-6, 32-50 ; X, IV, 1-7 ; XI, 248-273, 294-301, 309-328.
41. Uta-Napishtim et sa femme : IX, 6-7 ; X, II b, 15-28 ; X, III, 32-35 ; X, IV, 12-20 ; X, V, 23-45 ; X, VI, 23-40 ; XI, 1-7, 8-205, 206-299 ; XI b, 1-18.
42. Le taureau divin : VI, 94, 120-123, 128-158, 167-193 ; X, V, 9, X, V b, 13.
43. Les hommes-scorpions : IX, II ; IX, III, 6-20 ; IX, IV, 37-43 ; (?), (?)f, 21.
44. Le *Ramayana* compte environ quarante mille vers ; le *Mahabharata* n'en compte pas moins de deux cent mille ; l'*Iliade* en a moins de seize mille et l'*Odyssée* un peu plus de douze mille
45. La sixième et la onzième tablettes, qui seules ont pu être reconstituées d'ensemble, comprennent, l'une deux cent vingt vers, et l'autre, trois cent trente-cinq.
46. II, VI, 46-50 ; V, VI, 47 ; VI, 216-220 ; IX, VI, 38-42 ; IX, VI b, 46-54 ; X, VI, 42-45 ; X, VIb, 46-48 ; XI, 330-334 ; XII, VI, 12-15.
47. Jensen : *Kosmologie*, p. 318-320 ; Alf. Jeremias : *Izdubar-Nimrod*, p. 66-67 ; A. Loisy : *Les mythes chaldéens de la création et du déluge*, p. 71.
48. Dans C. Müller, *Fragm. historic, graec*, t. II, p. 509 (éd. Didot).
49. IIIR. 23, 9-13 a ; VR. 6, 107-124 b. Cf. Schrader : *Sammlung von assyrischen und babylonischen Texten*. II, p. 208.
50. G. Smith : *Chaldean Account of Genesis*, p. 184-191 (Cf. p. 25) et p. 294-294 ; Alf. Jeremias : *Izdubar-Nimrod*, p. 9 ; A. Loisy : *Les mythes chaldéens de la création et du déluge*, p. 72-73.

51. XI, 11-13.
52. XII (?) b, 38.
53. Alf. Jeremias : *Izdubar-Nimrod*, p. 9-10.
54. Ainsi, les observations tirées d'un examen minutieux des cachets-cylindres, où se trouvent reproduites les principales scènes de notre poème. Nous ne les apportons point ici, les réservant pour une étude spéciale.
55. Nous arrêtons ici cette introduction, déjà trop longue. Ce n'est cependant que la matière soit épuisée. Il nous resterait encore à illustrer les divers épisodes de l'épopée, à l'aide des représentations figurées, qui se rencontrent si fréquemment sur les cachets-cylindres, à accompagner le commentaire littéraire d'un commentaire archéologique. Ceci sera l'objet d'un travail spécial, qui paraîtra prochainement. Enfin, pour être complet, il nous faudrait rendre compte du succès littéraire de notre poème, en suivre pas à pas les traces à travers la Judée, la Phénicie, l'Asie Mineure et la Grèce. Un tel sujet mérite, par son importance même, une étude séparée, qui sera publiée un peu plus tard sous ce titre : *Essai sur les origines du mythe d'Hercule*.

Copyright © 2021 by Alicia Editions
Préface et révision complète: Christelle Pujol
Credits : Canva
Gilgamesh Sculpture, Hero of Sumerian Culture CC
Auteur : Kadumago
https://commons.wikimedia.org/wiki/File:Gilgamesh_Sculpture.png?uselang=fr
Attribution 4.0 International (CC BY 4.0)
All rights reserved.
No part of this book may be reproduced in any form or by any electronic or mechanical means, including information storage and retrieval systems, without written permission from the author, except for the use of brief quotations in a book review.

www.ingramcontent.com/pod-product-compliance
Lightning Source LLC
LaVergne TN
LVHW091046100526
838202LV00077B/3049